Sonya
ソーニャ文庫

引きこもり侯爵のメイド花嫁

秋野真珠

イースト・プレス

contents

序章

雪と鉱山の国、ルイメール。

大陸の北西の半島にあるこの国は、世界有数のダイヤモンド産出国として有名である。鉱石の加工技術も発達しており、ルイメールの宝飾品といえばどの国の社交界でも評判だ。

北から南にかけての国境は、険しい雪山であるネバダ山脈がそびえているため、交易はもっぱら海路が使われる。よって、港には海神騎士団と呼ばれる凄腕の騎士たちが護りを固めているが、南東の丘陵地からの人の流入がないわけでもなく、そちらの国境を代々守り続ける一族があった。オルコネン侯爵家だ。

初代グイド・オルコネンは、ルイメールの建国時に、王より南東の丘陵地の国境一帯を領地として賜り、以来、オルコネン侯爵家は辺境騎士団を組織し、辺境の防衛を務めている。代々当主が騎士団長に就くことになっていた。

そのオルコネン侯爵家は、今年のはじめに代替わりがなされた。

国王であるキュヨスティ・ルイメールは、代替わりを受け、侯爵家を継いだ者の結婚を命じた。

国にとって、オルコネン侯爵家は国防の要であるが、一番に裏切りを警戒しなければならない立ち位置の者たちでもあった。つまりこの結婚は、王家に従順な家から花嫁を選び、オルコネン侯爵家に送り込むことで『首輪』を付ける意味合いがあり、そのことは貴族の誰もが理解していた。

新しい侯爵の花嫁に選ばれた栄誉ある女性は、意気揚々と王都を出発し、辺境の地とされるオルコネン侯爵領へと向かった。

だがその一週間後、花嫁とは別の女性が侯爵邸に足を踏み入れていた。

アイラ・ラコマー。

彼女は使用人のお仕着せに薄い外套を纏い、足には動きやすい編み上げの靴を履いていた。手に持っていたのは華奢な彼女が抱えられるほどの小さな鞄ひとつだけだった。

*

朝食が終わった頃、アイラはオルコネン侯爵邸の中がいつもより慌ただしいことに気づいた。

「何かあったんですか？」

いつも冷静な家令のヘンリクが珍しく小走りで屋敷中を駆け回り、数少ない使用人に指示をしている姿を見て、アイラは慌てて声をかけた。今のところ、アイラに任されている仕事が掃除と料理だけだったとしても、ひとりだけぼうっとしているわけにはいかない。

　ヘンリクは、頭に白いものが目立つ還暦を過ぎた男性だが、誰も彼を見て年寄りとは言わないだろう。しゃんと伸びた背筋と、厳めしい顔立ち、家令のジャケット越しでもわかる鍛えられた身体。まさに老騎士という言葉が相応しいとアイラは思っていた。

　そして彼こそが、突然屋敷に現れたアイラを快く雇い入れてくれた恩人だった。

　辺境とはいえ、侯爵家のお屋敷になんの事前調査もなく紹介状もない女を雇ってもらえるなんて、とはじめは驚きを通り越して不安に思ったのだが、案内された屋敷の荒れ果てた様子を見て、誰でもいいから人手が欲しかったのだな、ということはすぐにわかった。

　ヘンリクは、アイラの呼びかけに「忘れていた」という顔で足を止めた。

「アハト様が王都からお帰りになるんだ。今年の冬はあちらで過ごされると思っていたからなんの準備もしていなくて——部屋はアイラが掃除しておいてくれて、助かったな」

「アハト様……」

　その名前を聞いて、アイラは誰だったかと頭を働かせた。

　アイラはここに来る前にも貴族の屋敷で働いていたのだが、状況が特殊だったため外に出ることはほとんどなく、そのため貴族社会の情報もほとんど持っていなかった。

　そもそも、この領地にも放り出されたようなもので、侯爵家の現当主の名前を教えられていただけである。その当主への挨拶もないまま雇われたので、今、侯爵はこの屋敷にはいないのだろうと判断していた。

　知らなかったのか、とヘンリクはアイラの顔を見て目を丸くした。

「アハト様は前侯爵で、現侯爵であるルーカス様の祖父君にあたる。二月ほど前にルーカス様に爵位を譲られてからは、しばらく王都で過ごされるご予定だったんだ」

「前侯爵様――」

　アイラは屋敷の使用人たちが慌ただしくしている理由を理解したが、それよりも驚いたことがある。

「――その方は、離れにお住まいの方では？」

　アイラがそう言ったのは、今、この屋敷の食事係がアイラで、使用人の食事以外にもうひとり分用意しているからだ。

　家令のヘンリクと、従僕と下男がひとりずつと、厩番もひとり。それにアイラを入れた五人がオルコネン侯爵家の屋敷で働く使用人だ。けれど食事の数は六人分。

　使用人たちは調理場に隣接した使用人用のテーブルで食べるが、ヘンリクは毎回一食分を綺麗な器に盛って離れに運んでいた。アイラはその人に会ったことがないが、本館に姿を見せないことから察するに、きっと身体を悪くしたお年寄りがいらっしゃるのだろうと思っていた。当主である現侯爵はまだ若いはずだから、侯爵家ゆかりの方が暮らしているのだろうと。

　そのため、隠居した前侯爵かもしれない、と考えていたのだが、こちらから尋ねるのは憚られた。家の事情は信頼の置ける者にしか話さないだろうし、突然現れた女が信用ならないのも当然だろう。使用人として雇われただけでも助かっていたから、特に聞かずにおいたのだ。

しかし、じゃああれは誰の分だったのか、と考えていると、ヘンリクは「知らなかったのか！」と驚いた様子で教えてくれた。

「離れにいらっしゃるのは現侯爵のルーカス様だ」

「――――えっ」

想定外の返答ですぐには反応できなかったが、一拍置いて理解し、困惑する。

アイラがこの屋敷に雇われて、一週間を迎える。その間、アイラは現侯爵の顔を一度も見たことがない。

「そうか、そういえば……ルーカス様はしばらくあそこから出てきていないな……」

ヘンリクはひとりで納得している様子だが、アイラが気にしてほしいのはそこではない。

「あの、私はまだ侯爵様にご挨拶もしておりませんが――」

この屋敷の使用人であるのに、屋敷の主人に顔見せもせず勝手に働いているなんて、主人にとってはさぞや不愉快な事態ではないか。そう心配したが、ヘンリクはそんなことは気にしなくていいと笑った。

「この屋敷の中のことは私に一任されているからな。それに君のおかげで、このところ毎日美味(うま)い食事にありつけているんだ。誰がアイラを咎(とが)めるというんだ？」

「え……っと、ですが、あの……」

そういうものなのだろうか？

これまで働いてきた貴族の屋敷とはまったく違う様子に、アイラは言葉を詰まらせる。

確かに、アイラが食事係をすることになったのは、この屋敷の食事が野戦食かと思うほど大雑把なものだったからだ。

アイラが屋敷に来て初めての夕食は、焼いただけの肉に、ワイン。それに切っただけの野菜だった。使用人の身分で肉が食べられることにも驚いたが、味付けはまったくなく、素材の味を生かした料理だった。聞くとこれが普段の食事だと言う。

腹が膨れれば食事はなんでもいい、と言う彼らに、アイラは自分の使命を感じた。

見回せば掃除も見えるところだけ、床にゴミが落ちていなければ問題ない、という雑さで皆気にしていない様子。使用人は無骨な男性だらけで、細かいことに気が回らないのがよくわかった。

それ以来、アイラの仕事は掃除と料理になったのだ。

アイラの料理を皆喜んでくれていたが、器を変えただけの、使用人と同じ食事を主人に食べさせていたと知り、大丈夫だったのかと不安が過る。

ヘンリクの自信満々な様子を見る限り問題なさそうだが、本当だろうか。

ますます困惑していると、屋敷の表のほうからふたり分の大きな声が聞こえてきた。

「――そんなの、俺は聞いてない！」

「手紙は出したはずだぞ」

「そんなもの知らない――ヘンリク！　ヘンリクはどこだ!?」

声を荒らげる男と、それに対応する落ち着いた男の声。

初めて聞く声だ、と思う途中で、まさか、と緊張した。

「ここにおります」

ヘンリクが答えたのと同時に、乱暴に扉を開けた男が急ぎ足で玄関ホールに入って来た。

「ヘンリク！　俺が結婚するってどういうことだ!?」

そう叫んだ相手を見て、アイラはこの屋敷に来てから一番驚いた。

上背のあるその人は、シャツにトラウザーズという簡素な服装だった。それだけなら普通なのだが、顔はくすんだ銀の長い髪で覆われていて、一目ではどちらが正面かわからないような状態だったのだ。

ヘンリクに向けているほうが前なのだとは思うが、背中まである髪が前も同じだけの長さがあって、それがまたぼさぼさであるから、アイラはこの男性が何者なのか判断がつきかねていた。

しかし、ふとひとり、該当する人物が思い当たってしまった。

「はい、結婚のお話は伺っておりましたが、肝心のお相手はどちらですか？」

ヘンリクが平然と答え、相手に聞き返すと、髪の長い男はまた声を荒らげた。

「どうして俺が結婚!?　誰がするって言った!?　なんでしなきゃならないんだ!?」

光の加減か、本来は銀色であろう髪の色はくすんで白く見え、お化けと見間違えられてもおかしくない者が怒りを露わにしている。

ヘンリクはそこで、呆然と立ったままのアイラに気づき、思い出したように言った。

「ルーカス様、彼女が最近食事を作ってくれているアイラです。アイラ、こちらが現オルコネン侯爵のルーカス様です」

「――――！」

お化けがアイラのほうを向いた――ような気がしたが、よくわからなかった。

だが、やはりそうだったのか、と愕然とした。

本当にこの人が、オルコネン侯爵家の現当主だとは。

ここに来る道中に教えられた、ルイメールの社交界で今、一番話題になっているらしい、泣く子も黙る凶悪な熊男――獣侯爵ルーカス・オルコネン。

アイラは噂と現実の違いに驚きすぎて、声も上げられなかった。

1章

　十ヶ月前、ルイメールの王都にある王宮の一室で、現国王であるキュヨスティ・ルイメールは、厳粛な顔で命令を下した。

「――新オルコネン侯爵を、結婚させる」

　しかし、その国王の言葉に反応する声はなかった。

　政務に携わる首脳陣、大臣や役人たちの集まるこの朝議の場で、全員が不穏なものを感じ取っていた。皆、口を開くのを躊躇っていたが、国王のすぐそばに控えていた宰相が、ひとつ咳払いをして、確かめるように尋ねた。

「……それは、決定事項ですか？」

「決定だ」

　即答した国王は、口をへの字にして深く頷いた。反論はまったく受け付けないといった態度だ。

　国王は、その立場にある者としては年若く、黄金に輝く髪に翡翠のような瞳を持つ美丈夫と評判だが、国王に即位してまだ一年と少し。周囲に舐められないよう、威厳を保っために玉座で脚を組んでいた。しかし、大きな円卓にぐるりと座る面々を見渡した後、その顔が突然青ざめた。

「――だってめちゃくちゃ怖いじゃんあいつ!!」

「――陛下！」

「何アレ、アレが侯爵なの？　辺境にいるっていってもあんなのが国境にいるとか他の国と手を組んで反乱でも起こされたらどうすんの!?　こっちの息のかかった者と結婚でもさせて首輪を付けとかないと怖くて寝らんねーだろ！」

国王は諫める宰相を無視して、ぶるぶると震える自分を抱きしめ、怯えを隠しもしない。

「陛下、心配はご無用です。港にはわが国が世界に誇る海神騎士団が常駐しております。それに陛下をお守りする近衛騎士団も王宮に――」

「海を守ってても山から攻められたら一発で終わりじゃん！　近衛騎士にお前言えるの？　あ、あの熊と戦ってこいって言えるの？　勝てるの？」

臣下の言葉に国王は即座に反論し、恐怖に駆られた顔で睨み付けた。

「結婚してないってのが救いだろ。すぐに相手を見繕って結婚させろ！　わかったな!?」

まるで子供が駄々を捏ねるような物言いだ。

朝議に参加した臣下たちは全員が同じことを思っていた。

しかし、国王のその懸念を杞憂だと言い切れる者がいないことも事実だった。

臣下たちはそれぞれに視線を交わし始める。つまり、どこの誰を嫁がせるのか、それが問題だ。

　ここで自分の娘や親類の娘を推薦しないのは、全員が同じように感じていたからである。今、恐怖に駆られている国王と同じく、皆、できれば近づきたくない、しかし敵に回したくもない――その思いだけは一致していた。

　それほどに、叙爵の儀におけるルーカス・オルコネン侯爵は、誰が見ても異様で恐ろしく、国王に対しての態度は慇懃でも不敬なところがあり、彼が国防の要になることに不安を覚えたのである。

　朝議は紛糾した。

　王命により侯爵の結婚は決まりはしたが、花嫁の選定には膨大な時間を要することになった。

*

「キルッカ男爵家の娘、ライラ嬢に決まった。年は十八。ちょうどいい年頃の娘だな」

　辺境にあるオルコネン侯爵邸の本館の居間には、侯爵家の面々が集まっていた。

といっても、アイラの他には、前侯爵のアハト・オルコネンと、その孫で現侯爵であるルーカス・オルコネン、それにもはや家族の扱いになっている家令のヘンリクの三人だ。

　ルーカスの両親はどこにいるのか、とアイラは気になったものの、誰も何も言わないので気にしないことにした。

王都から戻って来た前侯爵のアハトは、孫に結婚の説明をし、相手を告げた。決定事項であるためか、淡々としたものだった。

アハトはヘンリクよりいくつか年上のように見受けられるが、さすが、辺境騎士団をまとめるオルコネン侯爵家の前当主と言うべきか、髪はすべて白髪になっているものの、堂々とした体躯に衰えは見えない。

一方、ルーカスは白煙を混ぜたような銀髪だ。背も高いしがっしりとした体格で、ちゃんとした格好をすればさぞや映えるだろうに、その人は今、汚れたシャツすら着崩した格好でソファに座って、自分の膝に顔を埋めるように丸まっている。

白煙の髪が滝のように乱れて流れるさまは、お世辞にも高位貴族とも辺境騎士団の団長とも言えない異様なものだった。

伏せられた顔から、ぶつぶつと何かを呪うような低い呟きが、部屋の隅に控えるアイラにも聞こえてくる。耳を澄ませて注意深く聞いてみると、「いやだいやだいやだいやだいやだ」と繰り返しているようだった。

もういい大人のはずなのに……とアイラは思ったが、気にしたり声をかけたりすると余計な揉め事に自ら飛び込むことになりかねないので、とりあえず成り行きを見守ることにした。現に、部屋にいる他の誰もルーカスの言動を気にしていない。

特に、彼の祖父であるアハトはまったくの無視を決め込んで話を進めていた。

「私は王都で用事があったから出発が遅れたが、ルーカス、結婚相手のライラ嬢は先にこちらに向かっていたはず。ちゃんと出迎えたんだろうな？」

「……そんな女知らない」

一応、返事はするようだ。ルーカスは顔を伏せたままでそう答えた。

「また部屋に引きこもっていたんじゃないだろうな。自分の妻になる女性くらいちゃんと相手をしないか」

「俺は結婚したいなんて言っていないし結婚なんて嫌だって言っているのに！」

「いい大人が駄々を捏ねるな。ヘンリク、ちゃんと見張っているように言っただろ。今度は部屋で何をしでかしていたんだ？」

「檻を作ってた」

「――なんだと？」

「最近、ヤツらは鍵をかけても閂をかけても入り込んでくる……襲われないためにベッドを檻で囲んだ。これで絶対に入ってこられない。安全だ」

「…………」

「…………」

無言のまま視線を合わせたアハトとヘンリクは、なんとも言えない表情になっていた。

そんな雰囲気などお構いなしに、ルーカスが続ける。

「そもそも王都にだって行きたくなかったし屋敷から出るのも嫌だったのに叙爵のために

一度だけとか言うから行ってやったんじゃないか。それがどうして結婚なんて話になるんだ!?」

一気にそこまで言って「理不尽！」と叫びながら顔を上げたルーカスに、アハトははっきりと顔を顰めた。

「――仕方ない。そういうものだ。王都の貴族や国王は、自分の力が及ばない存在が恐ろしくて仕方がないんだ。だから必死で首輪を付けようとする。そもそも、無難に済ませたいなら相手を脅すような格好をするほうが悪い――まぁ結婚するくらいで済むんだ。他の面倒な注文がくるよりましだろう。王都でも噂に上るような美しい女性らしいじゃないか、ライラ嬢とやらは――」

孫に気楽な声をかけながら、アハトは思い出したようにヘンリクに向き直った。

「――で、そのライラ嬢はどこだ？　むさくるしい男ばかりの屋敷で苦労させてしまうのは申し訳ないと思って、急いで追いかけてきたんだが……おや、部屋がいやに綺麗になっていないか？」

アハトは整えられた居間に気づき、ひどく感心していた。

それもそのはず。居間は大事な家族団らんの場所。以前にそう教わっていたから、アイラは一番に、時間をかけて磨き上げたのだから。

アイラがオルコネン侯爵家の屋敷に来て一番驚いたのは、その汚れ具合だった。

本当に貴族の屋敷なのだろうか――いや、平民でもこんな煤埃の溜まった家に住んでいるのは珍しいのではないか、と疑ったものだ。

ヘンリクに言われるまでもなく、アイラはまず窓という窓を開け、古びて垂れ下がっていたカーテンを取り外して洗い、高い天井から柱にかかった蜘蛛(くも)の巣を払って、家具を何度も拭(ふ)き清め、床を水洗いし、ラグを天日干しにし、物置に眠っていた調度品を引っ張り出して飾り、庭に自生していた花を切り、花瓶(かびん)に挿(さ)した。

この作業を屋敷中で行った。しかしながらまだ一週間しか経っていない。その間、住人の食生活を変えるために調理場にも入っていたので、まだすべての部屋をやりきれていない。とりあえず必要最低限の部屋を回っただけである。当然、離れも手付かずで、そこに侯爵が住んでいるなんて夢にも思っていなかった。

そんなひどい惨状であったこの屋敷に来て、嬉しかったことがある。広く整った調理場と、直接湯を流し入れられる湯殿があることだ。

ルイメールは雪山の山裾に広がる寒い国だが、温泉が豊かに湧き続けているおかげで、貧しい平民であっても、長い冬の暮らしで困ることはほとんどない。

雪山に近いオルコネン領もそれは同じであるらしく、アイラはほっとしていた。

この一週間での自分の仕事を思い返していると、アハトの視線がアイラに向けられていることに気づく。

「――で、彼女は？　いつの間に女の使用人を雇ったんだ？　よくうちに来てくれたな。もしや、ライラ嬢と一緒に来た侍女か？」

「いえ、アハト様、アイラは——彼女は、先日屋敷に現れまして。働けるというので雇い入れました。掃除をしてくれたのもアイラです。良い人材が来てくれたと皆喜んでいますよ。料理の腕も一流で、我々の戦飯とはまるで違いますし」

ヘンリクがまるで自分の孫を褒めるようにニコニコしながらアハトに答える。

「ほう、そうか。アイラ、と言うのか」

アイラはそこでいきなり注目されたが、全員の視線を躱すように深く頭を下げた。

「アイラ・ラコマーと申します」

「アイラ……ラコマー」

アハトに名前を繰り返され、内心狼狽える。アハトはアイラのことを知っているのでは、と懸念したからだ。

顔を上げると、アイラの顔を見定めるような鋭い視線がアハトから向けられていた。

「アハト様、その……ルーカス様のご結婚相手——ライラ嬢、でしたか……。その方はおみえになっていませんが、何かあったのでしょうか？」

ヘンリクの戸惑いの声に、アハトは彼に視線を戻し、俯きがちだったルーカスはぱっと顔を上げた。

「来ていないのか！　なんだ！　じゃあいいな、俺は部屋に戻る——」

「待て、ルーカス」

嬉しそうに部屋に戻ろうとするルーカスをアハトが鋭い声で呼び止める。

「相手がいないんじゃ結婚も何もないだろ」

「待てと言うのに。お前も侯爵となったのだから、少しは落ち着きを覚えろ」

「爺様がまだやっていれば良かったのに。俺はまだ引き受けたくは――」

「うるさい、そんなことは今どうでもいいわ。問題はライラ嬢がなぜいないのか。理由は……わかるかな、アイラ？」

突然、アハトの鋭い視線がアイラを貫く。

正直なところ、自分自身もまだ困惑し続けていたのだが、誤魔化せることではないし、いつまでも黙っていられるものでもないだろう。

アイラは身体を強張らせながらも、観念して話し始めた。

あれは、今から一週間ほど前、この屋敷を訪れた日の朝のことだった。

＊

『あんな熊に！　野蛮な〝獣侯爵〟に！　こんな辺境に嫁ぐなんて無理！』

豪奢な馬車の中、突然叫び、顔を覆って泣き出したのはライラ・キルッカだ。

アイラよりふたつ年下の彼女は、キルッカ男爵家のひとり娘で、輝く金色の髪がひと際美しいと評判の令嬢である。そのライラが乗った馬車は、国境までの街道を慎重に進んでいた。

　ライラが退屈しないようにと、道中いくつかの街に寄り、ゆっくりと嫁ぎ先であるオルコネン侯爵領に向かっていたのだが、辺境らしく街道も寂れて何もなくなり、ルイメールを象徴する、冬支度のネバダ山脈を見上げるほどになってきたところで、とうとうライラは爆発した。

『あんた、代わりに行ってきなさい！』

　ライラ付きの侍女として同行していたアイラは、その場で馬車から降ろされた。

『…………え』

　アイラは他に付き添っていた侍女たちと違い、荷物が載った荷馬車に乗せられていたのだが、そこから無理やり降ろされたのだ。

『絶対に戻って来るんじゃないわよ、いいわね！』

　目を血走らせたライラに言いつけられて呆然としていると、馬車は目の前でくるりと方向転換し、来た道をものすごい速さで走り去って行った。

　びっくりしすぎて咄嗟に動くこともできなかったが、たとえ動けたとしても、あの速度の馬車に人の足で追いつけるとは思えない。アイラはしばらくその姿を見送った。

　アイラがキルッカ男爵家で働き始めたのは十五歳を迎える少し前のことだった。

　年が近いせいか、ライラからきつく当たられることは多かったが、使用人の仕事をきっちりこなすことにやりがいを感じていたアイラに特に不満はなかった。

　事情があって屋敷から出ることはできなかったが、二十歳になるまで約五年、下っ端の仕事から上級使用人である侍女の仕事までさせられていたので、充分手に職は付けられたとも言える。

だから最悪、屋敷を追い出されても他で働ける能力はあると楽観し始めていた頃でもあった。しかし、この突然の落とし穴のような状況にはさすがに戸惑ってしまっていた。

キルッカ男爵家は高位貴族のカルヴィネン侯爵家の傍流だったが、裕福というわけでも貧しいというわけでもない、ごく普通の貴族の家だった。

けれどある日、ルイメールのすべての貴族から注目されることになった。キルッカ男爵家の令嬢であるライラ・キルッカがオルコネン侯爵の結婚相手に選ばれたからだ。

普段特筆すべきところのない男爵家の令嬢が、建国より続く名家のひとつと縁続きになれるなんて、すばらしく名誉なことだと社交界では盛り上がったものの、キルッカ男爵家の者たち、特にライラは日々苛立ちを募らせていた。

理由はさっき叫んでいた通りだ。

使用人でも知っているくらい、王都で評判の新オルコネン侯爵。

噂では、厳粛なる叙爵の儀に熊のような出で立ちで現れたとか。愛想がなく、始終むっつりとしていて振る舞いも粗暴、お世辞にも高位貴族とは言えないような獣侯爵だと言われている。

煌びやかな王都で蝶よ花よと周囲からちやほやされることを好んでいたライラにとって、洗練という言葉の対局にあるらしい獣侯爵との結婚は、我慢できないものだったのだろう。

たとえそれが王命であろうとも。

そんなライラの置かれた状況を道中で聞かされていたものの、アイラにどうすることができただろう。

でも代わりに使用人を置いていってどうするのか——侯爵との結婚を無視するというのか。

何事もなかったかのように男爵家に戻ったとしても、この結婚は社交界で知らぬ者はいない。問題になることくらいアイラにだってわかる。

ライラのこの先について思い耽っていたものの、このまま街道の途中にぽつんと立っていても仕方ないことはアイラもよくわかっていた。

夏が終わる季節、ルイメールでは長い冬が始まる季節だ。雪が降る前にどうにかしなければならない。

ひとつ息を吐き、遠くに見える辺境の街——オルコネン侯爵領に向かって歩き始めた。

農地や牧草地、それを管理しているような小さな村、それから辺境にしては賑やかな街を抜け、国境に一番近い場所にある大きな屋敷、オルコネン侯爵邸にたどり着いたのは、その日の夜のことだった。

国境側を高い塀に守られたその屋敷は、要塞と呼ぶに相応しいほど堅固な造りで、アイラはしばらく圧倒された。王都に多い飾られた外装などほとんどない建物は珍しくも感じた。

正面玄関ではなく、裏口を探し使用人用らしきドアを叩いてみると、出てきたのは厳めしい顔をした初老の男性だった。家令のようなフロックコートを羽織っていたものの、一目でわかるほど鍛えられた身体と鋭い眼光は荒くれ者を相手にする辺境の騎士そのものにしか見えなかった。

『――新しい使用人か！』

『――えっ』

老騎士は、アイラを見ると、怖い顔で精いっぱい喜びの表情を見せた。

それが、ヘンリクとアイラの出会いである。

そしてそのまま一週間、アイラは使用人としてここで過ごしてきた。

*

アイラが主人の家の恥とも言える事情を打ち明けたのは、このまま黙って居続けることはできないと思ったのと、アイラをこき使うだけ使って、給金も与えず、しまいには街道に捨てて行ったキルッカ男爵家の仕打ちに、もう耐える必要はないと思ったからだ。

一通りの説明を終えると、アイラは深く頭を下げた。

騙していたつもりはないが、黙っていたことは確かだし、ライラのしたことは侯爵家を侮辱したに等しい。

「――申し訳ありません」

アイラの謝罪に答える声は、すぐにはなかった。

しかししばらくして、深くため息を吐いた後、アハトが額を手で覆いながら言った。

「……まさかそんな事態になっていたとは。王都では、ライラ嬢は喜んで旅立ったと噂になっていたんだが。結局、キルッカ男爵とも会えずじまいで……」

そんなアハトよりも衝撃を受けていたのは、老騎士のヘンリクだ。彼は顔を両手で覆って天井を仰いでいる。

「そんな……そんなことになっていたとは。私は何も知らずに……アイラ、事情もろくに聞かず、仕事をさせて悪かったね」

「いいえ、ヘンリクさんは紹介状もない私をすぐに雇ってくださいました。行くあても本当になかったので、助かりました。むしろ黙っていた私のほうが……」

「君は悪くないよ」

家令に謝られては、ただの使用人であるアイラの立場はない。慌てて謝ろうとしたアイラを厳めしい声で遮ったのはアハトだった。

「今回の結婚話は急なものだったし、令嬢にとって受け入れがたいものだったかもしれないが、王命は王命。直前で逃げ出すくらいなら初めからなんらかの理由をつけて断れば良かったんだ。キルッカ男爵家の令嬢は、貴族としての自覚がなさすぎる。……まぁ私も、これで孫が落ち着くならと安易に結婚を了承してしまったからな。私のせいでもある。君はむしろ被害者だ」

申し訳なさそうな様子で今にも頭を下げそうなアハトにアイラは目を瞠る。ただの使用人であるアイラのことを、これほどまでに気遣ってくれる貴族は、アハトが初めてだった。

「この屋敷がこんなに綺麗に片付いているのを見るのは何十年ぶりだろうか。ヘンリクが褒めるほどだから料理の腕も相当なものなのだろう。そんな優秀な君をキルッカ男爵家に戻すことはない。向こうから何を言われても私が守ろう。安心してこの屋敷にいてほしい」

「アハト様……」

こんなに優しいことを言われたのは、いつ以来だろうか。

もしかしたら初めてかもしれない、とアイラは前侯爵の懐の深さに感動した。

「しかし、ルーカスの結婚をどうするか……嫁がいなくなってしまったな」

「相手がいなくなったのなら仕方ないだろ爺様。こちらの責任でもないし。あんな軟弱な男の戯言など放っておけばいい」

オルコネン侯爵家の結婚問題を蒸し返されて、当事者であるルーカスが口を挟んだ。

彼の顔は、いまだ長い髪で覆われており、お化けのような様相だ。しかし、ルーカスの言う「軟弱な男」とは、もしかして、彼の結婚を決めた国王のことだろうか、とアイラが頭の隅で考えていると、アハトがふと、アイラに目を向けた。それから自分の孫に視線を移し、またアイラに戻す。そして最後に、ヘンリクと目を合わせて、頷き合った。

「しかし王都ではもう婚姻契約書が提出されてしまっている。お前の結婚は決定事項だ」

「で、でも相手の女、が――」

「女性ならいるだろう」

「え？　どこに？」

ルーカスは、髪のお化けになっている顔を呑気に傾げているが、アイラはアハトの言葉に背中がすうっと冷えた気がした。

「屋敷を磨き上げ、美味い料理を作ってくれて、家政を回してくれる働き者の女性が」

　この屋敷に、そんな女性がいただろうか。現実逃避でそんなことを考えてみるが、この屋敷で今のところただひとりの女性であるアイラに、三人の視線が集中する。

「――まさか」

　そう呟いたのは、アイラだったかルーカスだったか。

　アハトはなんの問題もないと言うように、孫に微笑みかけた。

「使用人のお仕着せ姿であっても美しいのがわかる。良かったな、ルーカス」

「――まさか！　こいつと俺が!?」

　咄嗟に叫んだルーカスに、アイラも言いたいことがなかったわけではないが、立場上刃向かうことはできない。

　それでも助けを求めて上司である家令のヘンリクに視線を向けると、なぜか彼は満足そうに何度も頷き、喜んでいた。

「うむ。アイラならなんの問題もない。うまくこの屋敷を回してくれるだろう」

「辺境のこんな屋敷に嫁ぐんだぞ。相手の立場や身分など言える立場でもないだろう」

ヘンリクに続きアハトがそう言うが、オルコネン侯爵家はルイメール建国からの歴史ある家だ。ただの使用人であるアイラが当主の結婚相手になどなれるはずがない。

老齢のふたりは、今いる人間でどうにか取り繕おうとしているようだが、無茶にもほどがある。

だがきっと、結婚を嫌がっているルーカスはきっと突っぱねるだろう。そう思い、アイラが一縷（いちる）の望みを託してルーカスをじっと見つめると、いまだお化けのような状態のルーカスがアハトを睨んだ。

「だから、俺は結婚は――」

恐らくこちらに視線を向けたのだと思ったが、髪に覆われた顔はどんな表情をしているのかやはりよくわからない。

「結婚は……」

ルーカスはアイラを見たまま、もう一度呟いてから黙り込んだ。

いったいどうしたのか、とアイラも首を傾げ、アハトとヘンリクも様子のおかしいルーカスを怪訝そうに見ていると、突然そのお化けが叫んだ。

「――サフィ!?」

「……………えっ」

アイラは驚いた。

その名前は確かにアイラの愛称だったが、そう呼んでくれる人はもう誰もいなかったからだ。

　ルーカスは慌てた様子でアイラの前に立ち、自身の前髪の隙間から覗き込むようにしてアイラの顔を確かめる。

　汚れの目立たない黒のワンピースに、白いエプロン。歩きやすいように踵（かかと）のないぺたんとした靴。長くまっすぐな髪をひとつにまとめてボンネットを付けた、まさに使用人らしい格好。

　それが今のアイラの姿だ。

　ただ、アイラの瞳の色はこの国でも珍しい蒼い色をしていた。

　ルイメールの鉱物の中でもめずらしい、サファイアの色。だからそれがアイラの愛称になっていた。

『僕のサフィール』

　そう呼んで笑ってくれた人は、もう思い出の中にしかいない。

　アイラはそれを思い出し、久しぶりに胸に痛みを感じた。耐えるように思わず顔を顰めてしまったが、ルーカスは気づいていないようだ。

「やっぱりサフィだ！　なんだお前だったのか！」

「――――っ」

　さっきまで殺気すら感じるほど不機嫌だったルーカスが、今はどうしてか一転して上機嫌にアイラを抱きしめてきた。

相当に嬉しいようだが、巻き込まれているアイラにとってはたまったものではない。

「あの……っ」

慌てて離れようとするが、アイラの力ではびくともしない。ひょろりとしたお化けの印象なのに、存外鍛えているのか、がっしりとした身体だ。

「爺様、サフィとなら結婚する！　俺はサフィと結婚するって決めていたからな！」

「そうか、お前が納得してくれて何よりだ」

「ようやくルーカス様のご結婚が決まりましたな。喜ばしいことです」

アイラを抱きしめたまま宣言するルーカスに、喜ぶ老騎士ふたり。

いったいどうしてこうなったのか、混乱しているのはアイラだけのようだ。

「え……っ、えっ!?」

ひとり狼狽えるアイラには、「結婚式はどうするか」とか「これで女の使用人も入りやすくなるな」とか「もうヤツらに襲われないぞ」とか話している彼らの会話のすべてが理解できない。

アイラは侯爵と結婚できるような身分ではないし、ライラの身代わりを装うとしても気づかれないはずがない。冗談が過ぎる。そもそも、結婚に対して激しい拒絶を示していたはずのルーカスが、どうして突然受け入れたのかがわからなかった。

「なんだ、まだ気づかないのか？」

戸惑うアイラに、ルーカスはカーテンのようになっている前髪を自分でかき上げた。

そこから出てきたのは、ちゃんとした人の顔だった。

いや、普通の顔よりも、はるかに整った男性の顔が現れた。

意志の強そうな眉に、すっと通った鼻筋。まるで絵画に描かれたように左右対称の顔立ちは、王都で評判の舞台俳優でさえ足元にも及ばないほどの美しさだった。

お化けの実態がこんな顔だったとは。

しかしアイラが驚いたのはそこではない。

くすんだ白色にも見える銀色の髪と、夜の空のように真っ黒な瞳。

昔はもっと、真っ白に近い髪の色だったけれど――この人形のような硬質な顔立ちを、アイラはしっかりと覚えていた。

「……まさか、ルー？」

正解、とばかりにルーカスはにこりと笑った。

その笑顔は、子供の頃とまったく変わっていなかった。

「アイラがここにいるってことは――もうあの父親はいないんだな？」

笑顔のままでそう言ったルーカスに、アイラは驚きも吹き飛んで、頭の中がすっと冷えるのを感じた。

＊

ルーカスがアイラと出会ったのは、お互いまだ子供の頃。正確には、ルーカスが十歳、アイラが五歳になる歳だった。

アイラの家族は昔は王都で生活していたそうだが、出会った頃は王都から離れた山間の村に住んでいて、父親は木こりをしていた。

家族三人、慎(つつ)ましくも楽しく暮らしていたようだ。

そこに入り込んだのが、ルーカスだ。

子供の頃から外に出るのがあまり好きではなかったルーカスは、両親に無理やり屋敷から貿易港へ連れ出され、そこで嫌な目に遭った。こんなところにいるのは嫌だと、王都の屋敷へひとりで帰ろうとしていた時だった。

正直に言えば、半ば迷子の状態になっていたルーカスは、道の途中で出会ったアイラに拾われ、家に連れて行かれて、一緒に暮らすことになった。

人付き合いが好きではないルーカスは、アイラの家でもできる限り引きこもっていたかったのだが、なぜか彼女のそばはとても居心地が良かった。

裕福とは言えない家だったので、幼いアイラも当然のように家の手伝いをしていた。ルーカスもその手伝いをすることになったのだが、それは不思議と嫌ではなかった。

むしろもっと一緒にいたくて、自ら望んで五つも年下の少女にくっ付いて回っていた。

アイラの両親は、ルーカスがなぜひとりで道を歩いていたのか、家はどこか、何があったのかなど、詳しい事情を聞き出さず、ただ笑って家族として受け入れてくれた。

五歳にしては、アイラは自立心のある少女だったが、両親に放任されていたわけでもない。むしろ大きな愛情をもって育てられていた。この国では珍しい黒髪は、異国から渡って来たという父親譲りで、母親譲りのサファイア色の瞳も、愛らしい顔立ちも、ルーカスを惹きつけてやまないものだった。

大好きな父親から、『僕のサフィール』と言ってキスされるのを、アイラはとても喜んでいた。アイラの母親も同じようにしていた。

アイラの母親は、こんな田舎にいるのに違和感を覚えるほどの洗練された美女で、金色の髪に蒼い瞳のおっとりとした女性だった。木こりの家には相応しくないほどの気品も垣間見えて、子供心にも、どうしてこんな村にいるんだろう、と考えたこともある。

だが、ルーカスが夢中になったのは、母親ではなくアイラのほうだ。

父親はルーカスにも優しかったが、ひとつ釘をさすのを忘れなかった。『ふたりとも僕のサフィールだ。勝手に奪うのは許さないからね』と、腹立たしくもルーカスがアイラとふたりになるたびに言ってくるのだ。アイラもそれを聞くと嬉しそうに笑っていた。

だがある日、ルーカスはアイラをどうしても自分のものにしたいという想いが募り、感情が昂(たかぶ)って言ってしまったのだ。

『俺と結婚して！』

五歳のアイラは、愛らしい顔をこてんと傾けて、ルーカスに言った。

『……あたしはとーさんと結婚するのよ？』

『…………!!』

あの時の衝撃は、今でも思い出せる。

ルーカスはこの一件で何も考えられなくなり、そして誰にも会いたくなくなるほど大いに傷つき、そのままアイラの前から姿を消した。

つまり、家に戻ることにした。

だが王都にあるオルコネン侯爵家の別邸は、ルーカスが思っていたよりも騒がしいことになっていた。

オルコネン侯爵家の後継者であるルーカスが長い間行方不明になっていたからだ。

貿易港で仕事をしていた両親はルーカスは屋敷に帰っているものと思っていて、屋敷では貿易港で両親と一緒にいるものと思っていたが、久しぶりに屋敷に戻った両親がルーカスの所在を訪ね、どちらにもいないことに気づき慌てたのだ。

引きこもりの傾向があるものの、ルーカスは物覚えもよくしっかりした少年だった。が、それでも十歳の子供だ。

誘拐されたか事故に遭ったか、それとも――と大掛かりな捜索が行われようとしていた時に、ひょっこり当人が戻って来たのだ。

当時、当主だった祖父のアハトからはみっちり叱られたし、奔放なところのある両親からは呆れられた。アハトは、息子を放置しすぎていた両親も怒っていた。

しかしながら失恋のショックでふらふらしていたルーカスは、誰が何を言っても上の空だった。

　そんな状態になったルーカスを見て、怒りを通り越して心配になった祖父は、彼を領地で育てることにした。そもそも、侯爵家を継がない両親に代わり、ルーカスがアハトの跡継ぎになっていたから、どのみち領主としての教育が必要だった。

　アハトの教育は厳しかったが、幼い頃から聡明だったルーカスは、領主としての仕事を教えてもすぐに吸収した。アハトはこれなら安心して引退できると考えていたが、ルーカスは人嫌いですぐ引きこもろうとする。

　厳しく叱っても、優しく宥めても、ルーカスの性格は変わらなかった。だからアハトは途中から諦めるというより達観した気持ちになり、ルーカスに言ったのだ。

『領主の跡継ぎとして、やるべき仕事をやるのなら部屋に引きこもることも認める』

　そう言われていたから、ルーカスはその通り、屋敷の離れの一角を自室というより隠れ家のように改造してこもり、好き勝手をして暮らしていた。とはいえ、自分に課せられた義務を放棄することはなく、侯爵家もきちんと継いだ。

　しかし結婚は誰でもいいわけではない、と思っていたところで、再会したのがアイラだ。

　得体の知れない貴族の女ではなく、ずっと好きだったアイラと結婚できるのなら文句を言うどころか全力で望むところだ。

「しかしルーカス、あれはないいな」

「…………」

先ほどの騒動の後、居間に残ったのはルーカスとアハトだけだ。

アハトの言う「あれ」がなんなのか。わかっていたから、ルーカスは憮然とした顔になった。

ルーカスはアイラを傷つけたかったわけではないし、怒らせたかったわけでもない。

ただ単純に、子供の頃いつも邪魔をしてきたアイラの父親がいなくなり、これで問題はなくなったと言いたかっただけだ。

「お前は家のことも騎士団のことも仕事は問題なくこなすし、やればできる子なのに……ただ人に対する気遣いと言葉選びがなぁ……引きこもっているせいか？」

これも私が好き勝手させてきたせいか……とアハトが自分のこれまでの躾を悔やんでいたが、ルーカスだって反省くらいする。

先ほどのルーカスの発言の後、アイラはさっと顔色を変えた。

冷ややか、というより冷徹に。感情を殺し、氷のように冷たい目でルーカスを見て、「仕事に戻ります」と綺麗に一礼して居間から出て行った。

それを慌てて追いかけたのはヘンリクで、ルーカスは感情を殺したアイラの態度に呆然として立ち尽くしてしまった。

アイラの仕事はすばらしい。

久しぶりに見た屋敷の母屋は、見違えるほど綺麗になっていた。

この屋敷に来て一週間と言っていたが、ルーカスはしばらく母屋に来なかったから、まったく気づかなかったのだ。

「……もっと早くヘンリクが教えてくれていれば」

愚痴のようになったが、本心でもあった。

その声を拾って、アハトが呆れた顔をする。

「自分の足で出歩かないからだろう。爵位を継ぎ領主となったのだから、自分の屋敷に誰がいるかなど、知っていて当然のことだぞ」

「わかってる……でも俺の手紙が届いたから、サフィはここに来てくれたんだと思ったんだ」

「手紙?」

ルーカスの呟きに、アハトが訊き返した。

「サフィにいつ結婚できるか聞こうとして、手紙を父さんたちに渡していたんだ。サフィに渡してくれると言うから」

「そ、そうなのか?」

「返事はもらったことないけど」

初めて聞いた、という顔のアハトに、ルーカスは説明する。最初に大量に送ろうとして、母親に「一年に一通くらいにしないとしつこくて嫌われる」と言われ、素直に従っていた。そもそも、「アイラを好きなら手紙で様子を聞きなさい」と言ってくれたのも母だった。今思えば初めてされた親らしいことだったなと考える。叙爵の儀で王都に行った時、両親に渡したのが届いて会いに来てくれたのだと浮かれた。アイラの話を聞くとそうではないことはわかっていたが、浮かれたルーカスはそんなことなど頭から吹き飛んでいた。

「サロモンたちがそんな親らしいことを……？」

アハトの呟きも聞こえたが、ルーカスはアイラのことを考えていて気にしなかった。

ソファに座って俯くと、伸びた髪がまた前に下りてくる。

この顔は祖父譲りだが、祖父より硬質な印象が人外じみていて、人目を引いた。だからあまり見せたくはない。なので髪で隠しているうちに、「どっちが前かわからない！」と、アハトたちに怒られる状態にまでなってしまったが、もう皆諦めてくれている。

だがついさっき、アイラの顔をよく見るために髪を久しぶりにかき上げると、恐ろしく視界がはっきりしたことに驚いた。

昔から可愛いと思っていたが、成長したアイラは想像以上に綺麗になっていた。

一般的な使用人の服を着て黒髪は飾り気もなくひとつにまとめられているだけだというのに、どうしてか目を惹いた。昔と変わらない宝石のような蒼い瞳と、母親譲りの品のある顔立ちはルーカスの心を落ち着かなくさせる。

この腕に抱きしめた身体の柔らかさが忘れられない。

あんなに小さかっただろうか。

前は自分も小さかったのだと理解しているが、今のルーカスの肩に届くかどうかくらいの身長だし、体重は半分もないかもしれない。しかし出るところは出て、締まるところは締まっている。素晴らしい。

あの感触を忘れたくない。

そう思い返して顔を上げると、髪が視界を塞いだ。

「…………」

今まで平気だったのに、いや、むしろ安心していたのに、なぜかそれが不快に思え、無造作に後ろでひとつにまとめる。しかしくくるものが何もない。ルーカスは綺麗になった部屋を見渡し、カーテンを縛っている紐を見つけた。

窓際まで歩いてすかさずその紐を取ると、とりあえずこれで、と髪紐には太すぎるそれで結び、またソファに座り直す。

「…………まぁいい」

それをじっと見ていたアハトは何かを言いかけたが、諦めて頭を横に振っていた。

「久しぶりにお前の顔をちゃんと見たな。だがその顔、目、寝ていないのか？　何をやっていた？」

「だから檻を作ってた……三日くらいかけて。あれなら誰も入ってこられない」

「またお前は、無意味にそんなものに力を尽くす……とにかく、アイラと結婚したいなら、ちゃんと謝ることだ。それから、もう一度、結婚してもらえるように説得するんだ」

「…………俺が？」

「お前が結婚するんだろうが」

アイラと結婚できるのは嬉しいが、もうできるものだと思っていたルーカスはきょとんと目を丸くする。

「ルーカス、お前自身、自分が結婚していたほうが都合がいいのはわかっているはずだ。それに今回は王命という派手な大義名分がある。王都ではお前の結婚はもう成立したものという扱いなんだ。逃げたライラ嬢の足取りは早急に確認するが、実際妻は必要だし、この屋敷に女主人も必要だ。その相手としてアイラ以上の女性がいると思うか？」

アハトの言葉に、ルーカスはその通りだ、と深く頷くしかなかった。

しかし、と頷いたままルーカスは考える。

「……結婚……結婚……サフィと結婚…………」

他に考えなければならない問題もあるはずなのに、ルーカスはそれしか考えられなくなっていた。

そして思いついた。

がばっと顔を上げて、宣言する。

「——よし！　初夜だ！」

「——待て！　どうしてそこに飛ぶ!?」

アハトが慌てたように声を上げたが、ルーカスはもうそのための計画を練り始めていた。

＊

これまで生きてきた中で、こんなにびっくりしたことはない。

アイラは、いったいどんな偶然でこんなことになったのだろう、とこれまでのことを思い返していた。

いまだ信じられないが、新しいオルコネン侯爵、ルーカス・オルコネンは、アイラが昔一緒に暮らしたことのある男の子、ルーだった。

アイラよりいくつか年上だった少年のルーは、アイラがまだ両親と暮らしていた頃、森を歩いているところを見つけて拾った子供だった。

『何しているの？』

『歩いてる』

村の端は、大人が一緒でなければ出歩いてはならない、とアイラは両親からきつく言われていた。だが、父親のオスクは木こりで、日中は村の外に出ているから、父を出迎えるべく、アイラはよく村の境界線の近くまで来ていた。けれど今まで自分以外の子供がひとりでこんな場所を歩いているのを見たことがない。びっくりして尋ねたのだが、返って来た言葉にさらに驚いた。

いくらアイラが子供でも、そんなことは見たらわかる。

アイラにとってルーという少年は、初対面の時から異質だった。

身なりは悪くない。むしろ仕立ての良い綺麗な服を着ていて、村の子供には見えない。

髪の毛は白く、目は真っ黒。しかしその瞳は色よりも暗い雰囲気で、思わず何度も顔を覗き込んだ。

『おにいちゃん、だれ？』

『ルーだ』

『ルー？　どこに行くの？』

『家に帰るところだ』

『どこの家？』

疑問に感じたことをそのまま聞いてしまったが、彼に対しては不思議と警戒心を抱かなかった。

ルーカスはしばらく空を見るように考えた後、ふと立ち止まった。

『お前の家は？』

『向こう』

『一緒に行く』

『いいよ』

アイラが手を伸ばすと、ルーカスは迷わず手を取った。

狭い村なので、子供の足で歩いてもすぐに家が見えてくる。途中、アイラは隣を見上げて、はっと思いついたことを聞いた。

『迷子？　ルー？』

『…………違う』

先ほどまでなんの表情もなかった顔が、ふてくされたようになっていた。

その表情が面白くて、アイラはくすくすと笑った。優しい父に揶揄われて拗ねた時の母の顔を思い出し、おかしくなったのだ。

そのまま家に入ると、母のハンナマリは、ルーカスを見て目を丸くしたけれど、すぐに優しい笑顔で迎え入れ、仕事から帰って来た父も『おっ!?』と声を上げたものの、追い出すことはなかった。そのまましばらく、ルーカスは彼らと一緒に暮らすことになった。

――今、よく考えたら、両親ともにおかしい……？

迷子を見つけたら、親を捜してすぐに返してあげるべきだ。いくら落ち着いて見えたとしてもルーカスは子供だった。彼から何も聞かず、そのまま一緒に生活するのは、かなりおかしなことではないか。

子供の頃はまったく疑問に思わなかったが、大人になった今、両親の対応のおかしさに気づき、心がもやもやしてくる。

――何か、私の知らない事情があった……？

身元不明の男の子との暮らしは、彼が突然いなくなるまで続いた。

当然、アイラは驚いたし心配したけれど、両親から『家に帰ったんだよ』と言われてほっとしたのを覚えている。

けれど、別れの挨拶すらできなかったことはしばらく根に持っていたようにも思う。

そのルーが、オルコネン侯爵としてここにいる。

そしてアイラは、この屋敷の使用人となった。

まだ二十年しか生きていない自分の人生だが、数奇な運命を辿(たど)っているのではないかと思わずにはいられなかった。

顔を髪で隠してお化けのようにしているなんて、変な侯爵だと思っていたが、その顔を見れば驚くほど整っていて、あの少年が成長すれば確かにあんな顔になるのだろうと、納得はできる。

――格好良くはなってた……。

ふいにそう思ってしまい、火照り出す頬の熱を冷ますようにぶんぶんと顔を横に振る。

アイラは使用人だ。

ルーカスが侯爵であるというのなら、お互いの間には、明確な身分差がある。

前侯爵であるアハトが結婚を持ち出したことには驚いたものの、現実的に考えて、アイラとどうこうなる相手ではない。アイラは木こりの娘で、今はこの家の使用人だ。

――さっきのあれは、きっと冗談……よね？　彼なりの歓迎の仕方なのかも。

アイラは調理場に戻り、夕食の準備を始めた。

昼食は軽食でいいと言い、ヘンリクが先ほど適当なものを用意して持って行っていた。

アイラは、しばらくルーカスやアハトに会わずに済ませたいと、昼食の給仕はヘンリクに任せて厨房にこもっている。

たいわ……。

——でも、主人一家がこの屋敷で生活するのなら、もう少し屋敷中の掃除をちゃんとし

自分にまだ仕事があると思うと、安心した。

やることがある、ということが、アイラには大事だった。いくら衣食住を保障されていても、何もせず、何も言わず、人形のように振る舞わなければならないと言われるほうが苦痛だ。

煌びやかなドレスよりも、使用人の実用的な服のほうが仕事をしている実感が持てて誇らしかったし、水仕事で手が荒れてしまっても、一生懸命働いた結果だと満足できた。

早く、ここの主人たちに、自分の仕事を認めてもらいたい。

いつもはヘンリクの年齢も考えて身体に優しい料理を心がけていたが、ルーカスやアハトの身体つきを考えるともっと食べ応えのある食事が必要だろう。新しい献立を考えていると、ふと、先ほどのルーカスの言葉が頭によみがえった。

『——もうあの父親はいないんだな？』

それはアイラの心をひやりとさせる言葉だった。

だが、ルーカスは言葉通りの意味で言ったのだろうとも理解できたので、思わず苦笑する。彼のあの発言は、父がいなくなって良かったとか、消えてしまえなどという、そういう含みはないのだ。

気遣いという概念を知らない子供だったルーは、どうやらそのまま大人になったようだ。

──あれが獣侯爵……熊のようだという噂の？

アイラは王都で聞いた評判と、実際のオルコネン侯爵との大きなずれに知らず頬が緩んでいた。

──熊ではなくてお化けの間違いじゃない？

いったいどこから熊なんて言葉が出てきたのか、後でヘンリクに聞いてみようとアイラは思った。

この先、ルーカスはアイラの主人になるのだ。

アイラはキルッカ男爵家に捨てられてここにいるが、アハトやルーカスはひとまずアイラを追い出すつもりはないようだ。

ならばもう少し興味を持ってみようと思った。

決して、ルーカス自身に興味があるわけではない──。

自分の心に言い聞かせるように呟く。アイラはこの先も安定した職場、やりがいのある仕事をしていくために、この立場を守らなければならないと決意を新たにした。

しかしその決意はすぐに──その日の夕食の席で崩されることになったのだった。


夕食を作り終えてしばらくの後、アイラは恐縮した表情で食堂の椅子に座り、目の前の料理を見つめていた。

給仕をしなくてはならない自分がどうして椅子に座っているのか。そう思わずにはいられないが、この屋敷の主人であるルーカスとアハトに命令されては逆らえるはずもなかった。

「給仕くらいは私にもできる」

とヘンリクに言われ、アイラは屋敷の食堂の大きなテーブルの席に着いていた。目の前にはルーカスとアハトが座っている。

この席はもちろん使用人の席ではない。

目の前の綺麗な器に盛られた食事は、主人たちのために作った料理だ。自分の立場からは不相応なものを食べなければならないと思うと胃が痛くなってくる。

なのに、それを命じた本人たちは、アイラの胃痛など知る由もなく、目の前の料理を満足げに平らげていた。

「美味いな。これは良い嫁をもらったものだ」

「サフィは昔から料理が上手だったな」

夕食の席だが、アハトは正装ではない。

ルーカスに至っては昼間見た時と同じ、シャツにズボンという、簡素すぎる服装である。お化けのようになっていた長い髪の毛を後ろでひとつに縛っていて顔が見えているものの、その縛っている紐がカーテンの紐に見えるのは目の錯覚だろうか。

さらにアイラは使用人のままの服だ。

着替えようにもこんな席に座るためのドレスなど一着も持っていないし、あったとしても堅苦しいドレスを着たいとは思わない。

「それで、ルーカス。結婚式のことだが、大々的にしたいか？」

「人前に出るのは嫌だ。書類が揃っているのなら、別に式なんてしなくてもいいじゃないか。サフィがそばにいればそれでいいんだから」

「お前はそうでも、アイラの希望もあるだろう……なぁ、アイラ？」

「…………は」

にこやかに問われても、どう答えるのが正解なのか。

緊張と困惑でいっぱいだった。

結婚――。

本当にそのつもりだったのか。

アイラは冗談だとばかり思っていた言葉の意味をようやく頭で考え始めた。

ライラ・キルッカの身代わりとしての結婚。

ライラは、恐ろしく美しい外見を持つ一方、高慢で人を見下すことが大好きで、使用人たちからは嫌われていた。

生まれた時から甘やかされて育ち、貴族としての品位など見せかけだけで、人の粗を見つけるのがうまい。社交界で評判の令嬢、と聞いても、本当だろうかと疑う使用人も多かった。

アイラはライラから特に嫌われていた。というより、虐（いじ）めぬかれていた。

アイラとライラ。ある時、名前が似ていることが許せないと言い出して、アイラは「ソレ、アレ」と呼ばれるようになり、男爵家の屋敷では誰もアイラを正しい名前で呼ぶ者はいなくなった。

それを嫌だと思っていても、ライラは貴族だ。使用人が逆らえるはずがない。

それでも、仕事がある限りアイラはそれで良かった。

ただ、ライラと結婚する相手が少し可哀想だ、とは思った。その相手がルーカスであることがわかり、ライラが逃げてくれて正直ほっとした。

けれど、そのライラの身代わりとしての結婚なのだ。

身代わりの花嫁にさせられて、アイラが嬉しいはずがないし、そもそもアイラと結婚する意味がわからない。ライラとルーカスの結婚が王命なのだ。ライラがいないからアイラ、という単純なものではないはずだ。使用人としての仕事はこなせる自信があるが、貴族としての常識はあまり持ち合わせていない。

自然と眉根が寄っていたのだろう。

アハトが気づいて、もう一度声をかけてきた。

「アイラ、今日見てわかっただろうが——いや、ルーカスのことは昔会ったことがあるようだからよく知っているな。つまり、我々に気を遣う必要はない」

「——え」

「侯爵家と言ってもオルコネン家はずっと何もないこの辺境で暮らしている。貴族らしい振る舞いなどしていてはここでは暮らせないのだ。だから、屋敷の使用人にも、領民たちにも、友人のように、家族のように言葉を交わす自由を与えているし、意見を言える権利も持たせている」

「それは」

「つまり、何が言いたいかと言うと――」

アハトはちらりとルーカスを見て、それからアイラに視線を戻して笑った。

「言いたいことがあるなら早く言わないと、勝手にすべてを決められてしまうぞ」

その言葉にアイラは驚いた。

アハトは、この屋敷や領地では、身分差などないと言っているのだ。しかも侯爵に自分の意見を言ったとしても罰を受けないとも言っている。

本当に、そんな自由があるのだろうか。

アイラは目を丸くして周囲を見回す。

ルーカスはアイラの作った料理を美味しそうに頬張(ほおば)っているし、給仕をしているヘンリクもアハトと同じ意見なのか、アイラの背中を押すように微笑んで頷いてくれる。

アイラは深く息を吐いた。

心が楽になった、というより、何かを諦めて口を開く。

「では、恐れながら――」

「家族になるのに恐れながらなんて言葉も必要ない」

アハトにそう遮られ、アイラは残っていた心の重石が取れたように、ふっきれた顔で主人たちに向き合った。

「――私は、ルーカス様と結婚などいたしません！」

「――なんでだ⁉」

きっぱりと言い切ると、すぐさまルーカスが、ガタっと椅子から腰を浮かし、ものすごい勢いで訊いてきた。

「なんでも何も――そもそもどうして私が、ということです。結婚相手が必要なら、他にいくらでもいるはずです。ライラ様がいなくなったとしても、ルーカス様ならそのお顔で笑って見せるだけで選り取り見取りでしょう。手近な者で済ませてしまおうという考えがわかりません」

なぜかかみ合わない会話に、アイラの持つ常識と彼らの常識は違うのかもしれないと思いながらも自分の意見をぶつけると、ルーカスはさらに驚愕した顔で固まった。その様は、言われたことが理解できず、頭が言葉を受け入れるのに時間がかかって動作不良を起こしているようだった。

しかしすぐに復活する。

「――手近じゃない！　全然手近じゃないぞ！　だってずっと手紙で訊いていただろう⁉　いつ結婚するって！　そもそもサフィはどこにいたんだ⁉　結婚する相手はサフィしかい

ないのにそばにいないから――俺があんな目に！」

「……それはどういう」

意味ですか、と返す前に、何かを思い出した様子で頭を抱えていたルーカスが真面目な顔でアイラを見た。

「まあそれはどうでもいいんだ。サフィがいるならもうあんな奴らどうだっていいし。これからはサフィだけだし」

「え……っと」

きりっとした顔で告げられたが、生憎アイラにはまったく意味が通じなかった。

何もかもが理解できない。

さっき思考停止していたルーカスの状態がこちらに伝染したように感じた。

頭を抱えたいのはアイラのほうだ。

「あの……そもそも、勝手にいなくなったのはルーのほうで……いや、ルーカス様のほうで、というか手紙ってなんです？」

「他人行儀な。ルーでいいぞ、サフィ」

疑問を流された気がするが、強引なルーカスに対して小さなことにこだわっていては負けそうな気がして、アイラは気を取り直して別のことを訊くことにした。

「………では、お言葉に甘えて。というか、ルーはどうして私との結婚を望むんですか？」

「敬語も必要ないな。昔のように気軽に話してほしい」

「はぁ……」

曖昧に頷いたアイラを、この部屋の誰も咎めようとしない。

昔の彼を思い出し、アイラもつい気安い言葉遣いになってしまいそうになるが、使用人としての矜持も捨てきれない。

どうしたものか、と戸惑っていると、何も考えていなそうなルーカスが綺麗な顔で朗らかに言った。

「お前となら腰を振れそうだからな！」

「…………」

「…………」

「…………」

聞こえるはずのない沈黙の声が、三人分聞こえた気がした。

ルーカスの「腰を振れそう」という言葉は、聞き間違いか、もしくは何か別の意味があるのかと眉根を寄せてルーカスの祖父であるアハトを見て、家令であるヘンリクにも視線を向けたが、どちらからもさっと目を逸らされた。

こんなにもあからさまに避けられたのは、初めてかもしれない。

「さて、美味い飯も食ったことだし、次は初夜だな！」

「――――えッ」

驚いたのはアイラだけで、ルーカスは素早くテーブルを回り、アイラのそばまで来るとその手を取った。

勢いに負けて立ち上がってしまったが、このままついて行くとしたら最悪な状況しか思い浮かばない。

「ま、ま……っ」

縋るようにアハトを振り返るが、彼は好々爺然とした穏やかな顔で見送っていた。

「確かに。夫婦のことは寝室で話し合うべきだな、うむ」

アハトは当てにならないと、次にヘンリクに視線を移すと、目元に皺をいっぱい寄せて嬉しそうに頷いていた。

「ここの後片付けは、任せなさい！」

ふたりに見捨てられたアイラは、唖然とするあまり声も出せず、心の中で絶叫していた。

ひどい――――！

もちろん、子供のようにウキウキした様子のルーカスにはまったく聞こえていなかった。

「ここが俺の部屋だ！　あ、掃除してくれたのか、ありがとう」

「いえ……」

お礼を言われて、咄嗟に恐れ多いことです、と使用人らしく返事をしようとしたが、そんな状況ではないと、アイラは自分の意思を確かめる。

ルーカスに流されてはならないと、周りをちゃんと確かめることにした。

ルーカスが連れて来た部屋は、この屋敷で一番いい場所にあった。最上階で、東向きの大きな窓があり、居間と寝室の揃った広い部屋だ。窓の外には広大なネバダ山脈の山裾の景色が広がっている。

彼も言うように、ここがルーカスの部屋なのだろう。

アイラも、ここが当主の部屋だとわかっていて、ちゃんと掃除をしたのだから。一番いい部屋なのに、一番汚かったのはどうしてだろうと、掃除の時に不思議に思っていたが、今は違うことにも気づいた。

改めて見ると、この部屋には極端に物が少ない。

汚かったのは、ゴミにしかならない布や木切れや金属のクズが散らかっていたからで、いったいここで何をしていたのか、部屋ではなく作業場と言われたほうが納得するような状況だった。

それらをすべて捨てて――ちゃんとヘンリクには許可をもらったが――あるべきものをあるべきところに片付けると、残ったのは恐ろしく何もない広い部屋だけだった。

寝室の隣には衣装室があったが、服も貴族としては恐ろしく少ない。そもそも、寝室にはベッドしかなかった。続きの居間には仕事をするための大きな机と椅子――それだけだった。

床の絨毯(じゅうたん)や壁の模様も、シンプルと言えば聞こえはいいが、要するに地味だ。

これが本当に侯爵家の当主の部屋なのだろうか、とアイラが改めて不審に思っていると、ルーカスはその間に素早く行動に移っていた。

寝室のドアを勢いよく開け放ち、アイラが整えたベッドの前で簡素すぎる服を脱ぎ始めたのだ。

「――ちょっ!?」

アイラが止める間もなく――というよりも、貴族にしては着ているものが少なすぎて、目の前の男はあっという間に素っ裸になった。

慌てて顔を背けようとするが、ルーカスがベッドの上掛けを剝(は)ぎ、そこにごろりとなったのを見て、アイラは固まった。

ルーカスは、婚礼後の新妻が夫の訪れを待つかのように、慎ましく大人しく、横たわったのだ。

「ん、いつでもいいぞ」

「――――」

これはどういう意味なのか。

アイラはもう一度、誰かに確かめたかった。

何かを問いただしたかった。

なぜ彼は、待っているの？

なぜ私は、待たせているの？

まったく状況が呑み込めなかったが、呆然と見ている場合ではないと気づき、アイラはえいっと、思考を放棄することにした。

ふっと、息を吐いたのは気持ちを落ち着けるためというより、心の底に溜まっていた何かが漏れ出たようだった。

「――失礼します」

アイラはそう言って、ルーカスが剝ぎ取った上掛けを手にし、何も着ていない彼の身体に――思ったよりも鍛えているな、とつい観察してしまったものの――そのすべてを覆い隠すようにかけてやった。

「――ん？」

風邪を引かぬよう、肩が出ないようにちゃんと包んであげた後で、ぽんぽん、とお腹のあたりを手で叩く。

「むぅ……サフィ……？」

「部屋を暗くしますよ。おやすみなさいませ」

「さ、ふぃ……」

部屋の隅にあったランプを手にして、寝室の扉を閉めた。

微かに聞こえたルーカスの声が今にも眠ってしまいそうだったので、アイラは満足して部屋を後にした。

2章

ヘンリクは、ここ数年で一番気持ちが昂っていた。

年甲斐もなく、ウキウキしていると言っても良いほどだ。

オルコネン領に生まれて騎士を目指し、夢が叶い、オルコネン侯爵家の当主が率いる辺境騎士団に入り、思う存分腕を振るった。

年老いて、騎士として働けなくなると、尊敬する団長であり侯爵でもあったアハト・オルコネンに誘われ、侯爵家の家令としての道を歩むことになった。

それまでとは真逆ともいえる生活になる。もしかしたら、武器を持たない日々に物足りなさを感じるかもしれないという最初にあった不安は、二日目には消えていた。

家令としての動きや必要な礼節は、騎士のそれとほとんど同じものだったからだ。

これまではオルコネン侯爵家の外を守っていたが、今度は内を守るのだ。

そう思うと、家令の仕事にもやりがいを感じた。

充実した時間は、過ぎるのが早い。アハトに子供が生まれ、育ち、またその子が子供を産んだ。この子を立派な侯爵家の跡取りにする、というのはヘンリクの人生最後の目標にもなっていた。

ルーカス・オルコネンは、大人が驚くほど聡明な子供だった。

言葉を覚えたての幼い頃から大人のやることを理解し、様々なことをすぐに自分でこなすようになった。王都にいる間に彼の両親が遊び感覚で教えた海図の書き方もあっという間に習得し、誰よりも正確に描けるようになった時は海神騎士団の誰もが彼を称えた。

なんでもできてしまうルーカスに、皆が期待し、さすがは未来のオルコネン侯爵、と喜んだ。

しかし、なんでもできるということは、達成感が得られにくく、すぐに飽きてしまいやすい、ということでもある。ヘンリクは何をしても退屈そうなルーカスを憐れに思った。

気づけばずいぶん甘やかしてしまった。

やりたいことをやりたいようにさせて、やりたくないことはあえて強制しなかった。

侯爵家を継ぐ能力はすでに充分持っていたし、騎士団の訓練だけは欠かすなというのがアハトの命令だったから、それだけはしっかりやらせ、他のことについてはルーカスが何をしてもあまり咎めることをしなかったのだ。

そして気がつけば、人間嫌い——特に女性が駄目だ——社交界嫌い、引きこもり大好きな侯爵ができ上がってしまっていた。

無事、侯爵家を継げたことは喜ばしいが、ルーカスに兄弟はいない。彼の父にも、そしてアハトにも兄弟がいない。この国では基本、直系の長子に相続権があるため、つまりルーカスが跡目をつくらなければ、オルコネン侯爵家は彼で途絶えてしまうのだ。

ヘンリクの愛してやまないこのオルコネン侯爵領がこの土地をよく知りもしない他の貴族に与えられるなど、考えるのも嫌だった。国王命令で結婚したとしても、ルーカスが子供を作ることはないだろうとわかっていたので、本当は避けてほしかった。

どうにかならないものか――そう頭を悩ませていたところ、思いがけず理想の状況が舞い込んできた。

アイラ・ラコマーという女性は、ヘンリクの目には奇異な部類の女性に見えた。容姿は可憐で華奢な印象なのに、性格ははっきりしていて物怖じしない。ヘンリクがこれまで見てきた女性にはなかなかいないタイプだった。

だが決して嫌いなわけではない。むしろ好ましい女性だ。

長年放置されて来た領主の館をあっという間に綺麗に掃除しただけでなく、毎度毎度滋味深い食事を作ってくれる。

そのきびきびとした動きを見れば家政を任せられるほど仕事ができるのもわかる。

そんな優秀な女性がどうして辺境と呼ばれるオルコネン侯爵領へ突然やって来たのか不思議でならなかったが、本来家政を取り仕切るはずの女主人が長く不在の、むさくるしいばかりのこの屋敷で働いてくれるのなら何も文句はなかった。

そしてルーカスと結婚までしてくれるという。

女神か。

彼女にしてみればいきなりのことで驚いただろうが、アイラがこの先もルーカスと一緒に暮らしてくれるなら、ヘンリクを筆頭に使用人一同はなんだってするだろう。

そんな気持ちだったから、今朝はいつもよりすっきりと目が覚め、早朝から上機嫌で屋敷の見回りに出かけた。その途中、屋敷の奥に配置されている調理場のそばを通り、漂ってくるとても良い匂いに頬が緩む。

「ああ、今日もいい匂いだ。朝食はなんだろうな……まぁアイラの作るものはなんでも美味いが……」

にこにこと呟いた後で、愕然として足を止め、すぐさま調理場に駆け込む。

「──アイラ!?」

飛び込んだ先で、竈の前で鍋の中身をかき混ぜるアイラを見て、また驚いた。

アイラは、使用人のお仕着せに身を包み、朝食の用意をしていたのだ。

その光景は、どこも不自然なところはない。それどころか、近頃はもう日常となっていて、実のところ戦飯に飽き飽きしていたヘンリクには嬉しいものだった。

しかし、今日は状況が違うはずだ。

かなり強引だったが、アイラはルーカスと──オルコネン侯爵家の当主と結婚することになり、昨夜は初夜を迎えたはずなのだ。

書類上はまだだとしても、実質侯爵夫人となったはずのアイラが、昨日と同じように早朝から竈の前に立っているなど、信じられなかった。ルーカスのあの勢いから考えると、朝まで盛っていてもおかしくないのに。……もしかして駄目だったのだろうか。

　ヘンリクは焦りを覚え、もう一度呼んだ。

「アイラ、ここで何を……」

「ヘンリクさん？　おはようございます。あの、いつもの通り朝食の用意ですが……？」

　冷や汗まで出ているヘンリクに対し、アイラは涼しい顔で首を少し傾げている。

「る、ルーカス様は……？」

　まだ正式ではなくとも、侯爵夫人が朝食を作るなんて、そんなおかしな話はない。今日は自分が久しぶりに作ろうと思っていたのだ。ヘンリクは混乱する頭で、姿の見えない侯爵を捜す。

「まだ寝ていらっしゃるのでは？　早朝ですし……」

　確かに早朝だ。ヘンリクがようやく起きた頃である。

　ヘンリクはその答えを聞いて、すぐさま踵を返し走り出した。

　向かう先はもちろん、当主であるルーカスの部屋だ。

　しばらく離れにこもりっきりで、母屋にある部屋はほとんど使われていなかったが、アイラが綺麗にしてくれたおかげで寝るのには困らなかっただろう。

「――ルーカス様！」

　ヘンリクは、使用人である立場を忘れ、ルーカスが寝ているだろう寝室のドアを勢いよく開けた。

そこには、大きなベッドで子供のように丸くなって眠るルーカスの姿があるだけだった。

「……んー、ヘン、リク……まだ寝る……」

「…………ルーカス様」

ヘンリクの大声に、まさに子供のようにぐずって上掛けに潜り込もうとするルーカスを見て、呆れとも焦りともつかない複雑な思いが胸中を駆け巡り、ヘンリクは頭を抱えたくなった。


「ルーカス様、昨夜はいったいどうされたのですか？　やる気満々でアイラを引っ張っていかれたからてっきり……」

寝汚(いぎたな)いルーカスを叩き起こし、ヘンリクは強制的に着替えさせた。

侯爵として相応しい格好をしてほしいとも思うが、こんな辺境で畏(かしこ)まった服を着ていても、誰が見るわけでもないし、動きづらい。そう駄々を捏ねるので、仕方なく彼のここでの服装はシンプルなシャツにトラウザーズ、少しは見栄えのする黒いベスト、といったものになっている。

素直にそれらを身に着けたルーカスは、いつもと同じぼさぼさの頭をぷるぷると軽く振って目を覚まそうとしていた。まるで犬のようである。

「昨日……昨日は、サフィがぽんぽんした」

「……は？」

後ろにも前にも流れ落ちる銀の髪は、オルコネン侯爵家の血筋に引き継がれる特徴のひとつだ。

きちんと着飾れば見目麗しい青年として、社交界の覇者（はしゃ）にでもなれそうだが、人間嫌いのルーカスがそんなところへ好んで行くはずがない。

反対に、ルーカスの父はとても愛想の良い人で、その人柄から遠くへ婿に取られてしまった。

ルーカスの祖父であるアハトは、礼儀正しく理性的な人で、人付き合いも適度にこなす有能な当主だった。

ふたりの血を確かに受け継いでいるはずなのに、なぜルーカスだけここまで極端に引きこもるようになってしまったのか。幼い頃に甘やかしてしまったせいで、ヘンリクも今更注意しがたい。

だが、ルーカスの寝ぼけながらの発言に、ヘンリクは眉間に皺が寄るのを抑えきれなかった。

いったい何を言っているのだこいつは、と思考が空回りしたのだ。

「上からぽんぽん……」

そう呟きながら、ルーカスは着替えた後もベッドに腰かけたまま、髪の毛をわしゃわしゃとかき上げて半分閉じた目を彷徨（さまよ）わせる。

目の前のヘンリクの手にあるボウタイに気づくと、ルーカスはそれを受け取り、昨日のカーテンの紐と同じようにくしゃくしゃのままの髪の毛をひとつにまとめてしまった。

家族以外の人の前で顔を晒すのは久しぶりのことで、それが平気になったのだとすれば喜ばしいことではあるが、せっかくなら、綺麗に結ったほうがいいのではないかと気になった。

しかしヘンリクはこれまでずっと短髪で、他人の髪を整えたこともない。自分が手を出したところで似たような結果になると思うと、やはり昨日と同様、放っておくしかなかった。

などとどうでもいいことまで考えたのは、ルーカスの言葉を受け入れるのに時間がかかったからだ。

つまり昨夜は、あれだけはりきってアイラを寝室に連れ込んだにもかかわらず、何もしないまま――むしろあやされて眠ってしまったということなのだろう。男としてなんと情けないことか。なんでもできる神童だと思っていたが閨事に関しては奥手だったか……。

ヘンリクは深いため息を吐きたくなったが、そこではっと気づいた。

「ルーカス様、そういえばここ三日ほど、何やらを作っていてろくに寝ていませんでしたね？」

「……うん、寝てない……でも檻は重要だ！」

ヘンリクの質問に素直に頷いた後で、ルーカスは勢いよく顔を上げて三日間の努力を力説してきた。

「毎夜毎夜襲われる俺の身にもなれ！　あいつらを閉じ込めることができないのなら、俺が閉じこもるしかないじゃないか！」

「それはそうですが……でも檻は離れに作ったのでしょう？　昨夜はよく眠れましたね。アイラのおかげでしょうか」

「……うん、そうだな、そういえばそうだ！　サフィがぽんぽんしてくれたから……奴らに襲われなかった？」

ルーカスはそこで突然何かに気づいたように、かっと目を見開いて立ち上がった。

「サフィは!?　サフィと一緒にいれば襲われないのか!?　サフィはどこだ!?」

「落ち着いてくださいルーカス様。アイラは朝食の用意をしてくれています。とりあえず、この先のことを考えなければ」

「先のこと？」

ルーカスが首を傾げた時、寝室の扉が無遠慮に開かれた。

「――ルーカス、いるのか？」

アハトだ。

この屋敷で、誰になんの遠慮もしないのは、当主であるルーカスか前当主であるアハトしかいない。

アハトは着替えを済ませたルーカスを見て、少し呆れた顔をしていた。

「今起きたのか？　今朝訓練に来なかったのは、まぁ昨日初夜を迎えたわけだしと見逃してやったが、先ほど調理場を見たらアイラはすでに働いていたぞ。初夜の翌朝に妻を働かせてお前ひとりが惰眠を貪るなど……」

「アハト様」

「なんだヘンリク」

新婚生活の心得を教えようとしていたアハトの言葉を遮ったのはヘンリクだ。

渋い顔をアハトに向け、首を左右に振った。

「昨日は……」

「……なんだ、まさか――何もしていないのか？」

「三徹明けとのことでしたので……」

残念に思っているのはヘンリクも同じだ。

ルーカスにとっても侯爵家にとっても理想的な嫁を迎え入れることができたと思っていたのだ。こんな、よく言えば自然溢れる場所だがつまり何もない辺境の地でもてきぱきと働き、ルーカスのような奇人を相手にしても物怖じしない若い女性など他にいるだろうか。

幸いにも、アイラは相変わらず使用人として働いてくれている。彼女が愛想を尽かさないうちになんとかしなくては。

ルーカスが彼女を望んでいることはもちろん重要だが、アイラにも望んでもらいたい。

ルーカスは女嫌いだが、女性に無体を働くような人間ではない。アイラが本気で嫌がれば『待て』ができるだろうと信用はしていた。アイラが受け入れられるようなら、身体の関係から深まることもあるだろうと、昨日のルーカスの暴走に目を瞑ったのだが――。

その結果がこれか、と老齢のふたりが肩を落とすのも無理はない。期待していただけにさらに残念だった。

「まったく情けない！　ルーカス、たった三日寝ていないくらいで、魅力的な女性を前にして熟睡してしまうなど、オルコネン侯爵家当主としても、辺境騎士団団長としても名折れだ。鍛え直す必要があるぞ！」

「でも爺様、サフィがぽんぽんしたんだ……」

自分でも情けないと思ったのか、ルーカスがしょんぼりと項垂れる。子供か！　と叱りつけたくなったが、あまりに意気消沈している姿に、ヘンリクだけでなく、基本孫に甘いアハトも何も言えなくなる。

ヘンリクとアハトは視線を交わし、無言で頷き合った。

作戦が必要だった。

「ルーカス、お前はアイラと結婚したいんだろう？」

「サフィとでなきゃ嫌だ」

「アイラは女性としては少々珍しく、侯爵夫人として優雅に暮らすより使用人でいるほうを取るような子だからな」

「そんな子だから、こんな辺境で暮らしていけるんですよ、アイラは」

「そうだ。彼女を逃すわけにはいかん」

「じゃあこれから捕まえてヤる?」

「ばかもの!」

「なんて馬鹿なことを!」

まだ寝ぼけているのか、本能丸出しの発言をするルーカスにふたりがかりで怒鳴りつけてから、男三人の密談が始まった。

元々、騎士として優秀な三人である。アイラが朝食の準備ができたと呼びに来る頃には、砦(とりで)の攻略ならぬアイラの攻略のための綿密な計画が立てられていたのであった。

*

「け……っこんしき、ですか?」

大きな窓から朝の光がふんだんに射し込む朝食室で、アイラの用意した料理を前にルーカスたちはまた、アイラを混乱させることを言った。

「式というより、お披露目(ひろめ)になる。ルーカスが嫁をもらったことを、領民にも伝えねばならんからな」

にこにことしながら言うアハトに、ヘンリクが続く。

「大げさなものではない。王都と辺境は違うから――平民を交えた宴会だとでも思えばいい」

「アイラのことを知ってもらう目的もあるが、アイラにもオルコネン領と我々を支えてくれている者たちを見てもらいたいからな」

「男たちはほとんどが兼業だ。仕事を持ちながら騎士団にも所属しているから、王都の男たちとは違い、粗暴なところがあると思うが悪い者たちではない。騎士団にも守るべき主人を知らしめねばならんからな」

老齢のふたり、アハトとヘンリクから交互に畳みかけられるように言われ、アイラは驚いたまま、目を瞬かせることしかできない。

突然すぎる。

そもそも、昨日から突然すぎることばかりなのだ。

混乱するなと言うほうが無理だった。

いくら気持ちを立て直そうとしても、次々に巻き起こることはアイラにはどうすることもできないことばかり。これで、動揺するなと言うほうがおかしい。

アイラは、頭を抱えて座り込みたい気持ちを必死に我慢して、額を押さえるだけにとどめた。

しかしこのまま放っておいても、さらに話が進められるだけなのはわかっていた。

遠慮は無用、と昨日アハトに言われたことを思い出す。アイラがはっきり言わなければ、好き勝手にされてしまうのだ。

これ以上の発言は断固として止めなければもっとひどいことになる。アイラは額を押さえているのとは反対の手を挙げた。

「――あの」

「なんだ？」

声をかければ、ちゃんと聞いてくれるようだ。

まったく無視されていないことに安心するが、素直に喜んでいいのか迷うところだ。昨日だって、アイラはきっぱりと結婚を断ったはずなのに、「初夜だ！」などとひとりで盛り上がるルーカスに引っ張られてしまったのだから。

「そもそも――そもそもの話ですが！」

「うむ」

「私は本当に、ルーと……ルーカス様との結婚が決まっているんですか!?」

アハトとヘンリクは、きょとんとして顔を見合わせる。老いても鍛えられた肉体を持つ彼らのそんな仕草を、一瞬可愛いと思ってしまったが、彼らの返事はアイラを震撼させた。

「もうすでに結婚したものと思っているが」

「アイラを逃すと、ルーカス様に次はないと思っている」

「…………!!」

思わずふらりとよろめくほど、アイラは衝撃を受けた。

彼らは大真面目に、アイラをルーカスの妻にしようとしている。

いったい――どうして!?

私が何をしたのか、と自分の行いを振り返っていると、それまで黙っていた――一番の当事者のくせに――ルーカスが、席を立ってアイラに向かってくる。

「サフィ」

「………っ」

その名前で呼ばれると、アイラは正直狼狽えてしまう。

今まで、アイラはアイラでしかなかった。

キルッカ男爵邸にいた頃は、適当な名前で呼ばれることのほうが多かった。

もう誰も知らないはずの愛称は、アイラの大事な宝物のような時間を思い出させる。彼はその時間を共有していた人だからなおさら動揺してしまうのだ。

ルーカスはアイラの前に立つと、その手を取って視線を合わせ、片膝をついた。

驚くな、動揺するなと言うほうがおかしい。

ただの使用人であるアイラの前に、侯爵家の当主であるルーカスが跪いたのだ。

ルーカスは、アイラをまっすぐに見上げながら言った。

「俺が結婚するのは、サフィだけだ。昔からそう決まっている。あの日、サフィが父親と結婚するなんて言うからショックで逃げ出したが、もうあの人はいない――」

「……っ」

その言葉に父を思い出して心が騒めいたが、ルーカスが言葉を足してそれを宥める。

「いなくなって良かったという意味ではない。それにあの時のサフィの返事も、親を慕う子供にはよくある感情だと理解している。彼がいなくなって、俺も悲しい。サフィの居場所を知っていたら、絶対にひとりにしなかったのに。手紙なんて悠長なことをせずに会いに行ったのに。捜せなくてごめん」

「………ルー、知っているの?」

ルーカスの真摯な言葉は、まっすぐにアイラの心に届いた。

それまでの、アイラを混乱させるだけの言動は夢だったのかと思うくらいの、きちんとしたルーカスの様子に、アイラはつい安心して、しかし少し不安もあってあの頃のような口調で訊いてしまった。

「何も、知らない」

ルーカスは、アイラから視線を外さないまま首を横に振った。

「何も知らず、俺はこの辺境で引きこもっていた。サフィと結婚できないなら、会うのが辛いし誰にも会いたくない――そう思ってしまったんだ。でも、サフィが今ひとりでこの辺境にいるってことは、もうご両親はいないってことだろう? あの人たちが、サフィを手放すとは考えられないからな」

「――うん、父さんも、母さんも……もう、いないの」

アイラがその事実を口にするのは、初めてだったかもしれない。

できなかったのだ。ひとりきりなのだと自分で認めてしまうのは、この歳になっても難

しい。

　知らず、顔が歪んだ。

「……私は、ひとりになったの」

「俺がいる」

アイラの父が亡くなったのは、アイラが八つの時。

母は、父亡き後もアイラのために頑張ってくれていたけれど、最愛の夫を失った悲しみが深く、みるみるうちに弱っていき、アイラが十歳になったのを見届けると、同じように帰らぬ人となった。

　十歳の幼さでひとり残されたアイラに用意された生活は、決して望んだものではなかった。

　苦しくて苦しくて、本当は全部投げ出してしまいたかったのだと、二十歳を迎えた今、十年もそう思っていたことを改めて実感してしまった。

「俺がサフィの家族になる。だからサフィは、俺と結婚するんだ」

「――――」

　どういう理屈なのだろう。

　しかし、とても自然なことのように思えて、アイラは一瞬、頷きそうになった。が、微かに残った理性が「待て」をかけた。

　よく見れば、ルーカスの頭はくしゃくしゃにまとめられていて、結んである紐はボウタイのようだ。まあ、昨日のカーテンの紐よりはましかもしれない。

服装も昨日より整っていた。

ちゃんとのりの利いたシャツに、グレーのトラウザーズ。金の刺繍の入った黒のベストは端整な顔立ちのルーカスによく似合っていた。

今は片膝をついているから、アイラのほうが見下ろしているが、立ち上がった時は見上げるほどの身長であるのは知っているし、服の上からでも、がっしりした身体つきであるのがよくわかる。

そういえば、辺境騎士団の団長でもあるらしいのだ。それは、オルコネン侯爵家の当主の役目のひとつでもある。白いお化けかと思った時には考えもしなかったが、ちゃんと鍛えているのかもしれない。

夜の闇のように黒い瞳は昔とちっとも変わっていない。

まっすぐにアイラを見つめて、その中にアイラを映してくれる。

それに気づくと、なぜか頬が熱くなった。

――待って、恥ずかしがっている場合じゃない。

そんな状況じゃないはず。だってこれは――。

アイラは今のこの状況が、求婚そのものだと今更ながら気づいてしまい、さっきと違う意味で動揺を隠せなかった。

視線を彷徨わせ、頑張って頭を働かせる。

朝食室にいるのは、アイラとルーカス。そして老齢のアハトとヘンリクだけだ。

アハトとヘンリクは、つい先ほどまでアイラをなんとか説得しようとしていたのに、今は一変して生温かさを感じるほどの柔らかな笑みを浮かべてアイラたちを黙って見守っている。

居たたまれなくなり、さらに頬が熱くなった。

「ま、ま、ま……って、待って待ってください！　ちょっと、あの！」

その狼狽え具合は、アイラのこれまでの記憶を探っても一度もなかったかもしれないというくらいにひどいものだった。

「何を待つんだ？」

「だから、えーと、それはその……あれです……」

まっすぐに見つめられて、直視できない。アイラはその目を一度閉じてもらえないか、と心の中で願った。

しかしその願いが叶えられるはずもない。仕方なく自分の目を閉じる。

顔を顰め、動揺を必死で抑え、理性的にならないと。冷静さを思い出すのよ！　と自分に言い聞かせ、どうにか言葉を探した。

「その、そう……そう、結婚、結婚と言われても、そもそも身分が！」

「こんな辺境に嫁いでくれる女なんて、そうそういないだろ」

そういえばそうだった。自分がここにいる原因も、貴族であるライラが結婚を拒否した結果だったと思い出す。

　ぎゅう、ともう一度目を閉じてまた考える。

「でも私は使用人で」

「もうわかっているだろうが、この屋敷は人手が足りない。ここで暮らしていくのなら、自分のことは自分でできる者のほうがいい」

「でも私は着飾ったり優雅にお茶を飲んだり笑って会話をするだけとかそういうのは無理で」

「のんびり座っているだけというのは無理だ。オルコネン侯爵家の当主は騎士団も率いているから外にいることが多いし、夫の代わりに女主人として家政を取り仕切ってくれないと」

「家政なんて私には」

「今すでにやってくれているじゃないか。食事の用意をしたり掃除をしたり、家を整えてくれている。アイラがいてくれれば人も増やせるから、仕事を教えて動かすだけだ」

「でも、でも……っ」

　結婚できない理由を必死に考えているのに、ルーカスはあっさりとそれを覆してくる。

　それでも最後の足掻きを！　と、助けを求めてまた視線を彷徨わせると、アハトと視線がぶつかった。彼は穏やかに、しかし、しっかりと頷いた。

「アイラもすでに知っているように、ここは王都とは違う。辺境だ。交通の便も悪いし、盗賊だって出る。煌びやかな街並みはないし、面白い劇場もない。こんなところには住めないだろうか？」

「――いいえ」

問われて、アイラは素直に首を横に振った。

アイラが求めるのは、華やかな社交の場でも賑やかな街でもない。自分のやるべきこと、好きなことができる場所だ。自分が必要とされる場所――それが大事だった。

したいことができるなら、王都だろうと辺境だろうと構わない。

アイラがオルコネン侯爵領に来て、まだ一週間と少しだけれど、この屋敷ではやることがたくさんありすぎて、屋敷の外にはほとんど出ていない。

けれど窓から景色は見える。

侯爵家の屋敷は領地の一番東側の国境沿いに建っているせいか、ネバダ山脈から広がる大地がよく見渡せる。夕暮れ時の景色は美しくて、何度見ても見飽きない。

すぐそばに領民が暮らす街並みが見え、生活に困らないだけの店もあるようだ。買い物はまだ下男に頼んでいるからどこに何が売っているのかまでは把握していないが、不自由はなかった。

それに、アイラは家事が好きなのだ。

住む人のために働くことが何より好きで、掃除した後の綺麗になった部屋を見る時や、作った料理を完食してもらった時の達成感は他の何物にも代えがたい。

いつから管理を諦めたのか、あまりの汚れように、とても侯爵家のものとは思えない屋敷を片端から綺麗にしていくことが今は何より楽しかった。

そのうち、領内だって見て回りたい。必要なものを自分で揃えてみたい。

さらに、ここで働いていると給金がもらえるのだ。

これまで働いていたキルッカ男爵家では、使用人として働きながらもお金をもらったことがなかった。

財産などひとつもないアイラには、自分の自由になるお金がもらえることが楽しみだった。

つまり、この辺境や屋敷に、不満などひとつもない。

それが素直な気持ちだった。

アハトはアイラの気持ちを理解しているのか、また深く頷いた。

「何もない領地だが、オルコネン家はこの辺境に必要なのだ。しかし、こんな僻地に来る貴族の女性はまずいない。それについてはよく知っていると思うが――」

知っている。

アイラをここに置いて行ったのは誰でもない、こんなところは嫌だと言った貴族の令嬢なのだから。

「つまり、ただ着飾って座っているだけの女性は、ここでは暮らせない。君のような――アイラ、なんでも自分でできる女性が、この領地にもルーカスにも必要だ」

貴族の令嬢を欲していない。

そうはっきりと言う貴族は珍しいのではないだろうか。

アイラは半ば呆れたものの、納得しないわけにはいかなかった。

ぎゅ、と握った手に力を込めて、アイラは視線をルーカスに戻した。

そこには、大人しくアイラを待つ、犬のように忠実な若き侯爵の姿があった。

「サフィ、俺はお前がいい。サフィでなきゃ嫌だ」

「……って、でも、ライラお嬢様との結婚は――」

「サフィをこんなところに捨てていく女なんて見たくもない。そもそも、ここに来なかったんだから、いない女と結婚なんてできないだろ」

正論である、気がする。

アイラは困り果てた。

なぜだか、逃げ道をすべて塞がれた気がした。

「サフィ、俺と、結婚してくれるな?」

「――――」

黒い目は、まっすぐにアイラだけに向けられている。

ここまで望まれて、アイラの女の本能がくすぐられないはずもなかった。

もう一度視線を彷徨わせて躊躇ってみたけれど、手のひらから伝わる温かな熱には抗いがたいものがあった。

「俺と、家族になろう」

――その言葉は、卑怯よ。

一番欲しいものを目の前に差し出されて手を伸ばさないほど、アイラは愚かではなかった。

必要とされている。

その実感が、最後にアイラを動かした。

小さく、本当にゆっくりと、アイラは首肯した。

そんな返事しかできなかった。

頭の混乱と、心の動揺と、気持ちの昂り。

それらがアイラの中で渦巻いて、うまく声が出せなかった。

しかし、ルーカスにはそれで充分伝わったようだ。

「――やった！　よし！　じゃあ宴(うたげ)だ！」

「うむ。予定通り、明日の夜に決行だな」

「手配は済ませてあります。広場での炊き出し、衣装の用意も街の女たちに連絡済みです」

「ああ、アイラにも紹介せねばな。これから、女主人であるアイラの指示で動いてもらう者たちだから」

「サフィ、とっておきの衣装を着よう！　俺の一番のお気に入りを見せてやるからな！」

「――え、え、え……っ!?」

堰（せき）を切ったように、賑やかに話し出した三人に、アイラはついて行けなかった。

いや、すでに何もかもが決まっていたのだと理解して、驚きを通り越して呆れてしまう。

だんだんと、アイラの知らないところで勝手に進められていたことに怒りまで湧いてくる。

ルーカスが、先ほどまでの真剣さをどこかに放り出して、子供の様にはしゃいでいることが、さらにアイラの苛立ちに火をつけた。

「ま――待ってくださいそんなに急に！　そんなに急がなくったって――」

「急がないと逃げられたら困る」

三人の声は見事に揃っていて、アイラは声をなくした。

逃げる？　逃げられるような――そんなことなの？　ルーとの結婚は？

疑問がふつふつと湧き起こり、不安へと変わっていく。

早まったかも、と焦りを感じて声を上げた。

「あの、私ただの使用人ですよ!?　いきなり女主人になれと言われても無理があります！　それに領地の人たちに突然紹介なんて言われても、やっぱり侯爵家の結婚相手がただの使用人だなんて皆さんなんと言われるか――」

「騎士団は、アイラのことはすでに知っているぞ。それにアイラも騎士団の何人かは知っているはずだ」

「──えっ」

ヘンリクのなんでもない言葉に驚いてしまう。

ヘンリクはやはり騎士だったのだろうか。だがそれ以外の騎士には会った覚えがない。

ここへ来て出会った男性は家令のヘンリクと従僕と下男と厩番。それにルーカスにアハトだ。ほとんど屋敷から出ないとはいえ、外を見るとちらほらと人影は見える。それでも、騎士の制服を纏った人は見かけなかったと思う。

「騎士団がこの領地にいる者を把握していないなんておかしいだろう？　それに、その様子だと気づいていないのかもしれないが──ヨハンもユリウスもマルクも騎士だ」

「──えっ」

アイラは今日、何度驚いただろう。だんだんと、驚くのにも疲れてきた。

ヘンリクが教えてくれた三人は、アイラが毎日食事の用意をしている従僕と下男と厩番だ。

確かに体格がいいとは思っていたけれど、家令のヘンリクが鍛えているのかもしれない、くらいにしか考えていなかった。たとえば王都の騎士は、普段から制服を着て騎士らしい仕事をしていると聞く。まさか、騎士が使用人のような仕事をしているなんて思わない。

「というか、オルコネン領の男のほとんどが、辺境騎士団の騎士だ──まぁ、他の仕事を持って兼任している奴がほとんどだがな！」

ちなみに俺は領主と兼任だ！　と威張るルーカスはどうでも良かった。

どこかに騎士の駐屯地があるのかも、と考えていたが、まさか領地の男性のほとんどが騎士だったとは。

ということは、初めてこの領地に来た時、街道のそばで牛飼いの牧童のような仕事をしていた彼らも、建ち並ぶ家や店の周りで働いていた彼らも騎士だったというのだろうか。

そんな騎士団の形態を見たのも聞いたのも初めてで、アイラはしばらく呆然としてしまった。

その間に、明日の夜にお披露目の宴が催されることが決まっていたのだった。

「――だが、そろそろ白い悪魔の出る頃だな……」

「ですね。そこは心配ですが」

アハトとヘンリクが楽しそうに計画を練る途中、ふと表情を曇らせたことが気になった。

――白い悪魔？

いったいなんだろう、と首を傾げるが、ルーカスはひとりなんでもないように笑って宣言した。

「そんなもの、いつものように、素早く片付けて――サフィと結婚だ！」

白い悪魔がなんなのか、まったくわからなかったが、あまりに自信満々のルーカスに改めて聞くのも躊躇ってしまう。

戸惑い苛立ち、落ち着かない気持ちを抱えているものの、自分との結婚をこれほどまでに望んでくれていることが嬉しいのも確かで、なんだが恥ずかしい気持ちにもなっていた。

だが、幸か不幸か、「白い悪魔」を、アイラはすぐに知ることになったのだった。

＊

その日の夜、秋も終わりに近づいているからだろう、気温が一気に低くなった。

夜が明ける頃には、オルコネン侯爵家の領地を含むネバダ山脈の山裾のほとんどは、濃い霧に包まれていた。

一歩先すら見えない状態だった。

そんな静かな夜明けの中、「ピィ――――！」という高い笛の音が領地に鳴り響いた。

それがなんの合図なのか、この辺境に住む者ならば誰でも知っている。

ルーカスは、いつもの寝汚さが嘘のようにぱちりと目を開き、すぐさま飛び起きてベッドから下りた。貴族にしては少ない衣装の中から迷うことなく選んだのは、騎士団の装束だ。

と言っても、装飾はほとんどない。実用一辺倒の、黒地に銀の刺繍が施された隊服を慣れた手つきで着込み、最後のコートは部屋を出て歩きながら羽織った。

ちょうどその時、後ろから追いかけてきたのかヘンリクが現れ、剣を装着するための剣帯と、飾り気のない実用的な剣を差し出してくる。

最後に細い紐を出され、頭の後ろで髪をひとつにまとめた。

その頃にはすでに、屋敷の玄関ホールに着いていた。

「あの音は」

「北だな」

そこで待っていたアハトに声をかけられ、朝の挨拶もせずに頷き合った。

これは毎年のことであり、冬を迎える前にかならず発生する、風物詩のようなものだ。

「行くか」

ルーカスの言葉に頷き、ヘンリクが玄関の戸に手をかけた時、後ろから軽い足音が聞こえてきた。振り返ると、こちらにかけてくるアイラの姿があった。

よほど慌てていたのか、使用人のお仕着せを乱れなく着こなしたいつもの格好ではなく、寝間着にガウンを羽織っただけの姿だ。

髪もまとめておらず、黒くまっすぐな髪が肩先で揺れていた。

——可愛いな。

ルーカスは素直にそう感じた。

いったい何が起こっているのかと不安でいっぱいのアイラに、何も心配はいらないと伝えるために、ルーカスは笑った。

「サフィ、すぐに片付けてくるからな。寒いし、外は何も見えないから、ここにいるんだぞ」

「あの……っ」

ヘンリクが玄関のドアを開けると、濃霧が屋敷の中に入り込んできた。

アイラを冷気に晒すわけにはいかない。

ルーカスは素早く外に出て、ドアを閉じさせた。

視界は真っ白だが、どこに何があるのか、誰がいるのか――何が起こっているのか、ルーカスには手に取るようにわかっていた。

そしてわからない者は、辺境騎士団にはいない。

これが、辺境騎士団の最大の仕事なのだから。

厩番のマルクと下男のユリウスもすぐに近づいて来て、ルーカスと共に先の見えない霧の中を進んで行った。

＊

「ルー……っ？」

アイラは動揺していた。

わからない何かに巻き込まれて混乱しているのではなく、状況の予想もできない不安からの狼狽だ。

玄関から入り込んだ白い霧をかき消すようにヘンリクがドアを閉めたけれど、その向こうに消えてしまったルーカスが心配で、思わず声が出た。

いったい何が起こっているのかと、その場に残ったアハトとヘンリクを交互に見た。

「白い悪魔だよ」

「白い——？」

アハトは平然と、「今日は晴れだよ」などと同じ調子で軽く答えるが、アイラにはさっぱり理解できない。

そこから、ホールは寒いのでと居間に移動した。

冬を間近に控えたこの季節。正直に言えば、辺境は王都より暖かだ。

ネバダ山脈の北側にへばりつくように建てられた王宮。王都はそこから山裾に向かって広がっていて、ほとんどが坂道だった。

貿易港のある海辺に近づく頃にはだいぶなだらかになっているが、賑わっているその王都よりも、辺境は南に位置している。オルコネン侯爵領はネバダ山脈を東に半周するような形で南東に位置し、王都よりも冬を迎えるのが遅かった。

ネバダ山脈から下りてきた冷気がまだ暖かさの残る空気と混ざるこの時期、この辺一帯に白い霧が出るのは毎年のことだった。

そしてその霧を利用して、ルイメールの産業の要でもある鉱山を狙ってくるのが、他国から越境してくる盗賊だった。

冬になってしまうと、ネバダ山脈は雪に覆われ、慣れていない者たちが入れる場所ではなくなる。逆に雪が解ければ視界が開け、遠くまで見渡せて、怪しげな者たちなどすぐに見つかってしまう。

　よって、冬になる前のこの霧の時期が、一攫千金を狙う邪な者たちの唯一の狙い時と言っても良かった。

　しかしそれを許すようでは、辺境騎士団の名が廃る。

　オルコネン領に住む者は、子供の頃からこの霧に慣らされる。

　この霧の中で動くことができなければ騎士団への入団は許されない。

　真っ白な視界の中、障害物の位置を察知し、人の気配を感じ取る。それは暗闇の中でも使える能力だ。

　反対に、この時期だけを狙ってくる盗賊たちは、霧が姿を隠してくれると油断しており、限られた視界の中では動きも悪い。毎年騎士団に捕らえられているのに、諦めず侵入してくる困った輩なのだそうだ。

　濃霧に慣れた騎士団にとっては、難しくない仕事だという。

「何、この分だと、昼前には霧もすべて晴れるだろう。これから一週間くらいの間に、もう二、三度、霧が出る。それが終われば、本格的に冬を迎えるわけだ」

　動じていない様子のアハトがにこやかに教えてくれたが、アイラには簡単に気を静めることはできない。

　少しでも落ち着くために、いつも通りのことをしようとお茶を淹れさせてもらった。

　それを、アハトとヘンリク、屋敷に残っていたらしい従僕のヨハンに勧めて、居間でルーカスが帰って来るのを待つ。

窓の外はまだ真っ白だ。

もう夜が明けた頃だと思うが、朝日が濃霧に反射して、ますます何も見えなくなるのではないか。そんな中で盗賊と――命を懸けて戦うのだ。

「白い悪魔が出るこの時期は屋敷に人がいなくなるから、騎士は総出で鉱山の近くを中心に警戒しているが、今はアイラがいるから警護のために数人の騎士たちを屋敷の外に配置している。万が一にも侵入されることはないから、安心しなさい」

ヘンリクに諭されるように言われるが、それでアイラが安心できると本当に思っているのだろうか。騎士という生き物が、アイラたち一般人とはまったく違う考えを持っているのだということは理解できたが。

「そんな警備を、いつの間に……」

「昨日のうちにちゃんと周知済みだ。問題ない」

アイラも屋敷の中で仕事をしていたはずなのに、そんなことをいったいいつの間に済ませていたのか。

アイラは思った以上に、この領地のことを知らないようだ。

こんなことで本当に、ルーカスと結婚してやっていけるのだろうか。

そんな不安が顔に出ていたのかもしれない。アハトが気づかわしげに付け足してくる。

「辺境騎士団の能力に不足はない。毎日合同訓練を欠かさず行っているし、各自仕事をしながらの鍛錬も怠っていない。アイラが思う以上に、我が騎士団は優秀なのだ」

「それは……そうなのでしょうけど」

アイラが騎士団と聞いてまず思い浮かべるのは、王都と王族を守る近衛騎士団だ。彼らはとにかく煌びやかで、入団に必要な条件は、貴族の子息であることと白い隊服に釣り合う容姿だ。

貴族のご令嬢にはとても人気らしいが、細身の剣を携えた彼らが騎士として戦えるのか、アイラは少し不安に思ったこともある。

反対に、街中でたまに見かける群青の隊服を着た海神騎士団は、身分を問わず入団できるし、実力主義だとも聞いた。鍛えられた体軀を持つ堂々たる威風の彼らは平民にも人気だった。彼らのおかげで、この国の海洋貿易が守られ、ひいては国民の暮らしも守られているのだと誰もが知っている。

しかし、辺境騎士団はどうだろう。

アイラにとっては、山側——丘陵地ではあるがネバダ山脈を越えて盗賊がやってくるなんて、初めて聞いた。

そしてこんなに視界の悪い状態の中で、深夜から明け方にかけて戦わなければならないことも、ちっとも知らなかった。

黒い隊服に身を包んだルーカスを見たのは一瞬だったけれど、凛々しくて、まさに騎士団の団長らしい、頼りがいのある姿だった。

まさかあれが、数日前に結婚は嫌だと駄々を捏ねていたお化けのような人と同一人物だとは。実際にこの目で見ても、見間違いだったのではと疑ってしまう。

「アイラが心配していたと言えば、ルーカスも喜ぶだろう」

アハトに揶揄うように言われてしまうと、アイラも自分だけが心配していることが大げさなようで恥ずかしくなってくる。

「それは……その、誰だって……あれ？」

そこでふと、アイラは気がついた。

「どうした？」

「騎士団の訓練は……毎日なさっているんですよね？」

「そうだ。欠かさずな」

「それは、ルー……ルーカス様も？」

そう聞いてしまったのは、ルーカスが訓練していた記憶がアイラにはまったくないからだ。

それを受けて、アハトもヘンリクも、部屋の隅に控えているヨハンすらも笑った。

「ははは、そうだな。普段のあれを見れば、信じられないのも無理はないな」

「ですな。しかし毎日の訓練は家訓でもある。ルーカス様も、嫌々ながら毎日参加されているぞ」

そう言われても、アイラは実際のところ、これまで一度も騎士団が訓練しているところを見たことがなかった。

「訓練は、毎日早朝。夜明け時の二時間ほどだ」

「――えっ」

「この屋敷から十キロほど離れた平地で行われているから、アイラが気づかなくて当然だ」

「――えっ？」

アイラが驚いたのは、本当に気づかなかったからだ。

この屋敷で訓練に参加しているのは、アハトとヘンリクを除く四人だという。

つまり団長のルーカスと、従僕も下男も厩番も騎士の訓練に参加しているということだ。

アイラは思わず、従僕のヨハンを振り返った。

「アイラ様が朝食を作ってくれるようになり、訓練後が楽しみになりました」

そう言って礼儀正しく頭を下げて笑うヨハンは、ルーカスと結婚すると決まってからアイラに敬称を付けるようになった。それまではただの同僚で、頼りになるお兄さんという立ち位置だったのに。

それを少し寂しいと思っていたが、ヨハンたちの態度は頑なだ。

アイラの起床時間は、いつもだいたい夜が明けた後だ。

その前に訓練が行われていたとなると……と、アイラは少し考えた。

「……では、朝食の時間はもう少し早くしたほうがいいですか？」

「いえ、問題ありません。皆小腹を満たすものを持参していますし、空腹であってもその状況に慣れるための訓練ですので」

あっさりと笑って答えるヨハンに、アイラは騎士というものがどれだけすごいのか、改めて実感した。

そこでふと、ルーカスの結婚が王命であることを思い出した。そして気づいてしまった。

国王が自ら命じるほど、オルコネン侯爵家との繋がりを重視していること。そして王都で評判の美女、キルッカ男爵家のライラが選ばれたのも、オルコネン侯爵家への最大の配慮だったのだと考えると、この結婚がどれほど重要な意味を持つのか今更ながら深く理解した。

すうっと背中が冷えた気がした。

昨日の朝、ルーカスは真摯に、アイラが欲しいと、望むものをくれると、言った。

思わずそれに縋ってしまったが、ルイメール建国時から続く侯爵家の結婚なのだ。王命さえ無視し、こんなにも簡単に結婚を決めてしまっていいのだろうかという不安がまたアイラを襲う。

しかしその時――ばん！　と大きな音を立て、一番の当事者であるルーカスが居間に入ってきた。

「ただいま！　サフィ、戻ったぞ！」

アイラは驚いて振り返る。その姿が夜明け前と変わらず傷ひとつない様子であるのを確認して、ほっと息を吐いた。

そしてはっと気を引き締め、使用人らしく頭を下げる。

「――お帰りなさいませ、ルーカスさ、まっ!?」

動揺を見せないようにといつもの通り挨拶しようと思ったのに、その途中でぎゅう、と強く抱きしめられた。

誰に、など聞かなくてもわかる。

ルーカスだ。

「ああ、サフィ。外はすごく寒いんだ」

「あの……えっと、まぁ、そんなに？　風邪をひいてしまったら大変、すぐに……」

「サフィが温かいから、こうしていれば温もれる」

動揺するより先に、使用人としての思考が働き、着替えと温かい飲み物を用意しようとアイラは思ったが、ルーカスの望みはまったく違うようだ。腕に抱いたままアイラを放さない。

「いや、あの……る、ルー？　その……」

「はー……アイラの匂い……」

「匂い!?」

ルーカスが首を傾けてアイラの首元に鼻先を摺り寄せてくる。強く抱きしめられているおかげで逃げることも隠れることもできないアイラは、ただただ目を瞠るだけで動くことができない。

どうしたら、とおろおろしていた時、すぱん、と小気味の良い音が耳に響き、ルーカスが頭を擦りながら顔を上げた。

「痛い……」

「痛いではない。アイラが困っているだろう。寒いなどと軟弱なことを言っていないで報告はどうした」

どうやらルーカスの頭をアハトが叩いて止めてくれたようだ。

アイラはその隙に、緩められた腕から逃げ出した。

そのアイラを助けるようにヘンリクが教えてくれる。

「アイラ、心配は無用だ。ルーカス様は雪の積もる冬に一晩外にいても風邪ひとつひかない、寒さに強い方なのだ」

「――えッ」

驚いてルーカスを見れば、至極真面目な顔で言った。

「だが、そんな状況でも、アイラがそばにいれば、すごく温かいと思う」

それはそうだろうが、その状況がまずおかしい。

どうして雪の日の夜に一晩外にいなければならないのか。

王都より冬の到来が遅いとはいえ、辺境も冬を迎えれば寒くなるはずだ。

改めて、ルーカスのことが理解できない、と頭を抱えているうちに、ルーカスのアハトへの報告が始まっていた。

「賊は全部で二十人、全員捕らえて王都へ移送準備中。なにも問題なく、怪我人もなし。霧が晴れてきたら出発予定だ」

「――そうか、よくやった」

「賊の装備品はこれといって特徴のあるものはなかったが、隊長クラスの持っていた短剣に印章が彫ってあったから、身元の確認はできるだろう」

「うむ。それも合わせて報告書を提出するように」

「わかってる」

彼らの話にはまったくついて行けなかったが、賊はどこかに送られるんだな、とぼんやりとアイラは思った。

王都の貴族屋敷で暮らしていた時には、賊などという言葉は物語の中か劇場で催されている演劇の噂か、という遠いところの話だったから、実際にルーカスが日常的にそんな事態に遭遇しているなんて、まだ現実として受け止められずにいた。

アイラの考えを読んだように、ヘンリクがそばに来てそっと耳打ちしてくれる。

「――賊は、実のところ他国の兵士であることが多い。鉱山を狙っているのは確かだが、毎度失敗して騎士団に捕らえられているのに諦めないということは、何か裏があるはずだ。それを明らかにするために、賊は捕らえて王都へ送り、取り調べを行うことになっているんだよ」

「そうなんですか……」

頷きながらも、内心はひどく驚いていた。

つまり彼らは、他国の兵であるにもかかわらず、賊と偽り許可なく国境を越える侵略者たちなのだ。

ダイヤモンド鉱山のおかげでルイメールは豊かで、世界に名が知られている。それを守る海神騎士団はアイラでも知っているほど有名だ。

だからだろうか、とアイラはぼんやりと考えを巡らせる。

海神騎士団のいない山側なら、姿の見えない濃霧の中なら、侵略するのに簡単だと思われているのかもしれない。辺境から山に入れば鉱山まですぐだ。一攫千金を狙う盗賊が考えそうなことだ。他国の兵たちが、賊に扮してまでやるとは驚きだが。

しかしそれをなんでもないことのように、あっさりと片付ける彼ら辺境騎士団は、アイラが知らなかっただけで、本当にすごい存在なのかもしれない。

アイラは、自分は何も知らなかったのだと改めて感じた。

ルーカスのことを、本当は何も知らないのだと気づいてしまった。

そしてそれは、もっと知りたいという欲求から生まれた浅ましい感情でもあった。

アイラは動揺してしまう自分を鎮めようと軽く頭を振った。早く日常に戻らなければ。

「――ヘンリクさん、遅くなりましたが、朝食の用意をしに参ります」

「ああ、頼む」

ヘンリクだけにそう伝えたが、アハトと話していたルーカスも気がついた。

「サフィ、夜を楽しみにしているからな！」

「…………」

アイラはなんと答えるのが正しいのか。

とりあえず、聞かなかったことにしようと、深く礼をして賑やかな居間を後にした。

調理場に向かいながら、アイラはひとり考えた。

――結婚、本当に、するの？

正直なところ、どうやって？　と疑問も湧き起こる。

ルーカスも周囲も盛り上がっているけれど、そもそもは貴族同士――ルーカスとライラの結婚だったはずだ。

その相手を簡単に変更してもいいのか。できるものなのか。

確かにライラがここで暮らすのは無理だろう、とアイラも思う。

わがまま放題に育てられ、綺麗なものしか見たくないし、楽しいことしか聞きたくないというライラに、田舎の、辺境での暮らしは難しいだろうということはわかる。

だからと言って、ライラがいないのなら、ここにいるアイラでいい、などと簡単に考えられても困る。

ルーカスには望まれているのだろうが、では他の人――領民たちはどうなのだろう。

そしてふと気づいたが、ルーカスの両親はどこにいるのか。

ルーカスと祖父のアハト。アイラの知るオルコネン侯爵家の人間はこのふたりだけだ。

しかしルーカスがいる以上、その親がいるはずだった。

なのにこの屋敷に来て一度も彼らの姿を見たことはないし、彼らの話を聞いたこともない。

そんなことを考えているうちに、アイラは自分がこの先のことを楽観しすぎていたことに気づいた。

結婚を祝う宴会をする、とルーカスたちは言っていた。

領民に、アイラを見てもらうためだとも。

それがどういうことなのか、アイラはすぐに理解することになった。

なるほど、宴だわ。

アイラは今更ながらとても納得してしまった。

立ち込めていた濃霧は、アハトの言う通り昼前にすべて消えてしまっていた。

ルーカスは朝食を終えると、賊の移送の準備があると言い、その他の者たちも仕事に戻って行った。

アイラも仕事をしようと思ったが、ヘンリクから「宴の準備をする」とさっそく引きあわされた面々を見て驚いた。

これまでこの辺りではまったく見かけなかった、たくさんの女性が侯爵家の屋敷に入って来たからだ。

アハトやヘンリクと同じくらいの年齢の者から、アイラと変わらない年代の者まで様々だ。

皆から名前を言われたけれど、流れ作業のごとく次々と紹介されて、アイラは一度に覚えることを諦めた。

一緒に過ごすうちにだんだんと覚えるしかない。だがひとまず、彼女たちのまとめ役であるイーダという四十過ぎの貫禄ある女性だけはすぐに覚えた。

「さて奥様！　領民を代表してお祝いと御礼を申し上げます。ルーカス様とのご結婚、まことにおめでとうございます。そしてありがとうございます！」

「それは……」

アイラが口をはさむ前に、イーダはにこやかに勢いよく話を進めてしまう。

「王都から来られる貴族の方と聞いていましたから、どんないけ好かない方かと思っていたら！　まったく王都の王様もよくわかっていらっしゃる。辺境のオルコネン侯爵家に相応しい奥様だね！」

イーダは周囲の女性たちとにこやかに頷き合っているが、もしかしてライラがそのまま来ていたら対応が違っていたのだろうか、とも考えてしまう。そしてライラと間違われているようだが、訂正しようにもイーダのおしゃべりは止まらなかった。

「奥様が来てくれたおかげで、私らも安心してお屋敷に女を送れますからね。それに掃除も料理もすごくお上手なんですって？　ヘンリクから聞いております。若い娘たちの指導も期待できそうで嬉しいこと」

「あの……それは、どういう？」

言葉通り、とても嬉しそうに笑うイーダだが、彼女の発言には不穏なものがあった。

アイラはさすがに捨て置けないと、問いかける。

「安心して女性を送る、とは――？」

隠すことでもないと、イーダは教えてくれた。

「このお屋敷は、お屋敷というよりも砦のような扱いなんですよ。国境を防衛するための、見張り台のような砦――おわかりになりますか？」

見張り台は当然見たことはないが、言いたいことはわかる。

アイラが頷くと、イーダは続けた。

「建物は立派ですけど、そういった事情があるから男しか寄り付かないんですよ。そうすると、掃除をしてもすぐに汚れる。客人だってこんな辺境には来ないから整える必要もないし――まさに、男所帯の砦ですよ。そんなところに若い女を放り込めるはずがないでしょう。ヘンリクやアハト様がいらっしゃるから間違いが起こるとは思いませんが、汚いところで暮らしたいとも思いませんのでね。おかげでもう何年もこの屋敷には女手がなくて――そこに現れたのが、奥様ですよ！」

イーダたちにとって、アイラは屋敷を生活できる空間として保つために必要な女性の指揮官というところらしい。

確かに、女性が数人入ったところで、やる気がなければなかなか難しい汚れ具合だった。やりがいのある仕事を望んでいたアイラにしてみれば、その意気込みに充分応えてくれる状況でもあったのだが。

ともあれ、ほとんどアイラが手を入れたおかげで、女性たちも普通に屋敷に入って来られるし、どこから手を付ければいいのかわからない、という状態でないのは確かだ。

これから、アイラのために数人の女性が屋敷で雇われる予定になっているという。

それもアイラには初耳だったのだが、今、重要なのはそこではない。

「さて、じゃあ、準備に入りましょうかね」

イーダの掛け声によって、女性たちは動き始めた。

「え……えっ、えっ!?」

アイラの知らない、宴の用意だ。

「今日は調理場のほうは私に任せてくださいね。奥様の仕事はあれを着ることですから」

「え……っえええっ!?」

あれ、と示された先にあったのは、上品なクリーム色のドレス。

飾り気がなく形も落ち着いたものだが、剝き出しになった肩や、胸元から裾までのラインがとても綺麗なドレスだった。

アイラはようやく理解した。

今日はルーカスとの――結婚の宴会なのだ。

つまり、妻となるアイラは、ルーカスと一緒に見世物になる。

アイラは湯殿まで運ばれ、ひとりでできると言うのにあっという間にお仕着せを剝ぎ取られて身体中を洗われた。

綺麗なドレスを着せられた時にはまだ戸惑っていたが、初めて化粧をされる頃には諦めの境地に至り、屋敷を出て領民たちが集まっているという広場に連れ出された時には、投げやりな気持ちにもなっていた。

冬を目前に控えたこの季節、あたりはすでに夕闇に包まれようとしていた。

しかし広場には各所に篝火(かがりび)が焚かれ、オレンジ色に染まる人々の顔がよく見えた。いや、顔が赤いのは、すでに手にしているお酒のせいかもしれないと、賑やかな彼らの様子を見て思う。

どこにいたのだろうと思うくらい、大勢の人が集まっていた。彼らは皆顔見知りなのか、楽しく宴を盛り上げていた。

男たちがなんの仕事をしているのかはわからないが、アハトやヘンリクが言っていたように全員が騎士というのも嘘ではないのだろう。皆、良い体格をしていた。女性たちは華やかな衣装を身に着け、そんな男性たちと嬉しそうに話している。

「あ、奥様！」

「奥様がいらしたよぉー！」

広場に集まる領民のひとりがアイラに気づき声を上げると、人垣が割れ、アイラの通るべき道が現れた。

その先にいるのは、恐らくルーカスだ。

周囲のみんなから、「奥様」と呼ばれ、アイラはどう応えればいいかと頭を抱える。しかし、半分諦めてもいた。

アイラは確かに、ルーカスの求婚を承諾したのだ。

ルーカスたちの言い分を通せばアイラは彼の妻になる。

国王の決めた相手ではないが、結婚すれば「奥様」と呼ばれる立場になるのだ。

そのことにまだもやっとしたものを感じているのはアイラだけのようで、今や領民の子供までアイラを奥様と呼んでいる。

これで奥様などではないと言おうものなら、どんな騒動になるか、考えただけでも怖い。

アイラは促されるまま、目の前にできた道を進み、ルーカスの待つ広場の中心へたどり着いた。

そこでルーカスの隣に並ばされると、皆がグラスを掲げる。

アハトが、広場に響き渡る大きな声で号令をかけた。

「新しきふたり、新しきオルコネン侯爵家に！」

「乾杯！」

空気が揺れたのでは、と思うほど大きな乾杯の声だった。

アイラは初めて着たウェディングドレスというものに緊張して、皆と同じようにワインを飲むことはできなかった。しかしここへ来て、ようやく納得したことがひとつあった。

熊――獣侯爵、なるほど。

ルーカスがどうしてそう呼ばれるのか。今の彼の出で立ちを見て理解した。

早朝に身に着けていた騎士団の隊服より装飾の多い黒い衣装は、儀礼服なのだろう。騎士団の団長かつ、オルコネン侯爵家の当主らしく、とても威厳のある格好だった。

髪もいつものような適当なまとめ方ではなく、細かな編み込みがいくつもなされ、それを後頭部でまとめている。左右対称の整った顔が、普段以上に麗しく感じられた。

しかし、そのすべてを差し置いて、主張している存在があった。

巨大な黒熊の顔が彼の上に鎮座していたのだ。

ルーカスは、凶暴な黒熊の毛皮を頭から被っていた。

「サフィ！　待ちくたびれたぞ。でも、綺麗だな」

微笑む彼の言葉は、本心なのだろう。

それが嬉しくないわけではない。

けれど、麗しいルーカスの顔の上から、鋭い眼光で熊が睨んでいる。

アイラの反応は自ずと微妙なものになった。

「あ……ええ、その……ルーも、……すごいね」

逃げることなくそれだけでも言えた自分を褒めるべきだろうか。

そして、自分のその返事が間違っていなかったことは、すぐに反応したルーカスの言葉でよくわかった。

「だろ！　だろう!?　これは三年前に俺が獲ったんだ！　皮を鞣して臭いも抜いて毛を整えて――ようやく完成したものだからな！　王への謁見にも着て行ったんだ。よくできたからな、見せてやろうと思って」

心から喜びを伝えるルーカスは、まるで子供のようだった。

こんなにも無邪気にはしゃがれると、怖いし不気味だから取りなさい、などとは言えなくなる。

実際、ルーカスの向こうでは、説得はとうに諦めた様子でため息を吐くアハトやヘンリクの姿があった。

しかしアイラは、このルーカスの姿に懐かしさも感じていた。

子供の頃の彼は、何かと自慢したがる子でもあった。褒められたらとても嬉しそうにして、もっと夢中になる子供だった。

このルーカスは、アイラの知らない誰かではない。

知らないことはたくさんあるけれど、ルーカスは確かに自分が知っているあのルーなのだと思うと、自然と笑みが浮かんだ。

「すごいね、ルー」

その場を誤魔化すためではなく、心からそう言うことができた。

すると、ルーカスはさらに嬉しそうに目を細めた。

「サフィも綺麗だ。可愛い。似合ってる。それはばあ様のドレスだけど、あんまり直さなくても良かったってイーダたちが言っていたな。これからは、もっと綺麗なドレスも着ればいい」

「……えっ」

聞き流そうとしたお世辞の中に聞き流してはならないところがいくつかあってアイラは固まった。

ばあ様のドレス――ルーカスは確かにそう言った。

「これ……まさかルーのおばあ様、アハト様の奥様の、ドレス？」

「そう。婚礼用だから一度着ただけで屋敷に置いてあったらしい。汚れてなくて良かったな」

あの状態の屋敷を思えば、確かに汚れても虫に食われてもいないのは奇跡だが、そんなことより、ただでさえ着慣れないドレスがルーカスの祖母のものだと知り、さらに身が竦む。

「そんな大切なものを……私なんかが」

「サフィだから着てほしいんだ。もっといろんなドレスを用意すべきだってイーダに言われたから、どんなドレスがいいか教えてくれ」

「そんなことを言われても、私はいつものお仕着せがあるから……」

「俺はどんな服を着てもサフィならいいと思うけど、どうやら侯爵夫人用にいるらしい」

「あー……」

アイラは眉根を寄せ、うなるしかなかった。

ルーカスと結婚するということは、侯爵夫人になるということだ。

イーダに言われたように、女主人となって屋敷の中で指示をする立場になる。

それはわかったが、自分がどんな服を着るかまでは気がまわらなかった。

しかし身体の線を見せるこのドレスは、コルセットをかなりきつく締めなくてはならない。

普段は自分で締める簡易なものを付けているが、それに慣れているために、人に手伝ってもらわなければならない状態がこんなに大変だとは、アイラも考えていなかった。

美しいラインを出すために日々努力している令嬢たちを今更ながら尊敬する。

――こんな苦しい格好で、仕事はできないわ。

どうやったらこの格好を回避できるだろう、とそんなことを考えていると、アイラの視界を塞ぐように、ぬっと数人の女性の頭が目の前に現れた。

「――げっ」

その途端、絞り出すような声を出し、ルーカスがアイラの後ろに回り込む。大きな身体を懸命に縮めて女性たちから隠れようとしているかのようだ。

いったいどうしたの、と聞く前に、女性たちが話し出した。

「ルーカス様！　勝手に結婚なさるなんてひどい！」

「そうよ！　私たちがいるのにこんな女と！」

「頑張ったら私たちの誰かと結婚してくれるんじゃなかったの!?」

ひどい剣幕の女性たちに、アイラは思わず後ろを確かめてしまう。

「――そうなの？」

ルーカスはアイラの肩を後ろからぎゅっと摑んだまま、相変わらず自分の身を女性たちから隠そうとしているようだった。

「嘘だ！　こいつらは俺を襲うしつこくて嫌な奴らなんだ！　しょっちゅう襲われかけて俺は安眠できず檻まで作ったんだからな！」

檻――と考えて、そういえばルーカスにこの屋敷で会った時、三日かけて何かを作ったと言っていた気がする、とアイラは思い出したが、この状況に納得したわけではない。

見れば、彼女たちはアイラと同じくらいかもっと若く、それぞれ魅力的で可愛い女性たちだ。今日はめいっぱいのおしゃれをしてきたのか、皆綺麗なドレスに身を包んでいた。

「ルー……ルーカス様と、結婚のお約束を？」

後ろのルーカスは放っておいて、アイラは女性たちに視線を向けた。

彼女たちはキッとアイラを睨み付けている。

「そうよ！　ルーカス様を一番早くイかせた子の勝ちって決まってるんだから！」

「みんな研鑽(けんさん)して頑張ってたのに！」

「抜け駆けで結婚なんてひどい！」

アイラは自分の耳を疑った。

今聞いた言葉がどういう意味なのか、一瞬理解できなかったからだ。

しばらくして、こんな人前で大声で話すことではないと気づくと、頰を染めて後ろを睨み付ける。

「俺はイかされていない！　こいつらが勝手に言い出して勝手に襲ってくるんだ！」

どちらが正しいかなんてアイラに判断できるはずがない。

頭痛がひどくなりそうだわ……、と眉間に皺を寄せていると、女性たちがじろじろとアイラを見て口々に言い始める。

「こんな――こんな黒髪の女に！」

「そうよ！　珍しくて綺麗な黒髪なんて！」

「宝石みたいな蒼い目なんてずるいわ！」

「白くて華奢だし！」

「腰が細いのに胸はあるなんて！」

「でも働き者の手をしているじゃない！」

「…………」

――褒められているの？

アイラは、罵りたいのなら言葉を選んだほうが……とむしろ彼女たちを心配してしまう。

「そうだぞ！　俺のサフィはすごくすごいんだ！　お前たちなんか束になっても敵うものか！」

なぜか突然、息を吹き返したルーカスは、アイラを背後から抱きしめて偉そうに主張し始める。しかし語彙が子供そのものだ。

なのにそれに彼女たちが応酬する。

「ひどいルーカス様！　わたしだってそれなりに可愛いもの！」

「あら、わたしのほうが可愛いわ！」

「何言ってるの、わたしが一番に決まってるでしょ!?」

「ルーカス様！　誰が一番!?」

「サフィに決まってるだろ！」

「彼女のどこがいいの？」

「綺麗な髪？」

「宝石みたいな瞳？」

「細い身体？」

「サフィは全部いいに決まってるし、俺はサフィにしか腰を振らないからな！」

「――――！」

「なんですって！」

「そんなばかな！」

「そんなのやだぁ！」

「お前らが何をしたってサフィに勝てるものか！」

　まるで子供の喧嘩そのものの言い合いを始めた彼らに挟まれて、アイラはひとり達観した気持ちで宙を眺めていた。

　ルーカスに抱き込まれているため、逃げることもできない。

いったい何を聞かされているんだろう、とため息を吐きたくなった時、ようやく仲裁役が来てくれた。

「――いい加減になさい、あなたたち！」

女性たちのまとめ役であるイーダが年長者の貫禄を持って間に入る。

「でも……」

「でもも何もありません！　さあ、ルーカス様、もうそろそろ、奥様もお疲れでしょうから」

「う、うむ、ああ、そうだな！　サフィのお披露目は終わったことだしな。じゃあ後は頼むぞ、イーダ、爺様」

「え……っ」

イーダの言葉に、にこやかに返すルーカスは、アイラをそのままひょい、と抱えて屋敷のほうへ歩き始めた。

「え……っえっ？」

戸惑いながらも、アイラはなんとなく気づいていた。これは結婚のお披露目のための宴であり、結婚したからにはルーカスが求めていることがこれから始まるのかもしれないと。

だが、反論も抵抗ももう遅かった。

ルーカスは屋敷に戻ると、まっすぐ自分の寝室へと向かい、アイラをベッドに下ろし、まず被っている黒熊を脱いだ。

大事なものなのか、そうっと床に広げて満足そうに眺める。こうして床に置くと、それがいかに大きなものなのか、アイラにも改めて実感できた。

目の前の毛皮に恐ろしさすら感じている間に、ルーカスは毛皮以外はどうでもいいのか、雑な手つきでさっさと自分の儀礼服を脱ぎ始めた。

「――待って！　勢いが良すぎるわ！」

慌てて声をかけた時にはすでに上半身は裸になっていて、ルーカスの手はトラウザーズのベルトを引き抜こうとしていた。

「脱がないのか？」

聞かれて、アイラはそんなことできるはずがないと、顔を両手で覆う。絶対真っ赤になっているだろう。

「その、ええと、脱ぐとか脱がないとかそういう……」

「脱がないと見られないし触れないじゃないか……サフィは服を着たままのほうが好きなのか？」

「好きって何が!?　なんの話!?」

いったいなんの話をさせられているのだろう、とアイラは耳まで熱くなってくる。

「そうじゃなくて、その――け、結婚してもその、私は……っ」

ひどく混乱していて、言葉がうまく出て来ない。

ルーカスといると、びっくりさせられるばかりだ。

こんな状況、自分で望んだわけでもないのに。

アイラは困惑しきってしまい、昂り乱れた気持ちが目頭を熱くさせていた。

手で隠していたが、ルーカスは気づいたようだ。

「サフィ」

落ち着いた声が聞こえた。

大きな手が肩に触れて、そのままゆっくりと促され、柔らかな場所に座らされる。

「サフィ、俺との結婚が、嫌なのか？」

「――――」

ルーカスの優しい手が、アイラの手を顔からそっと離す。

真剣で、熱いくらいにまっすぐな彼の黒い瞳が、アイラは苦手かもしれない。

この目に見つめられると、心を偽ることができず、素直になりすぎてしまうのだ。

ルーカスが結婚するために差し出すものは、アイラの欲しかったものだ。嫌なはずがない。

「……嫌、では、ない、けど」

「けど、何が気に入らないんだ？」

――気に入らないわけじゃないの。

あまりにもあっという間に物事が進んで、アイラが考えるよりも早く状況が変わっていくから、冷静になる時間がなくて落ち着かないのだ。さらに言えば堂々と裸体を晒す羞恥心のないルーカスが恥ずかしい。

しかしルーカスは、ルーカスだった。

アイラの心など、独断でめちゃくちゃにしてくれる。

「冷静になんて、なるな」

「――えっ」

「サフィ、好きだ」

「――――」

まるで自分がそう言われたように嬉しそうに笑うルーカスは、子供のようだった。

小さなルーも、アイラのそばではよく笑っていた。

楽しいことは共有したいと、いろいろなことを教えてくれた。

アイラも、ルーのそばにいるのがとても好きだった。

――その顔は、反則だわ。

そう思ったが、アイラが口にしたのは別のことだった。

「……もう、二度と」

「うん？」

「勝手に、突然、いなくならないで」

ルーカスはご褒美をもらった子供のように、さらに嬉しそうな顔をした。

「約束する。俺は、サフィのそばにずっといる」

伸ばされた腕に抗うことなく、アイラは抱きしめられた。

ぎゅう、と力を入れられることが嬉しくて、いつの間にか逞しくなった身体に、自分も手を回した。

温もりを感じながら、アイラはそのままベッドに倒れ込んだ。抱きしめるルーカスの心地よい重みを感じて、知らず自分の口角が上がっているのに気づく。

「サフィ」

ルーカスがアイラの頬に自分の頬をすり寄せる。せっかくまとめていた髪に手を入れてくしゃくしゃにして乱し、露わになった肩を撫で、腰の細さを確かめるように手でなぞった。

「ん……」

くすぐったくて思わず声が出てしまったが、ルーカスの手が背中を這ったところでふいに止まる。

「……これ、どうなってるんだ？」

問われて、アイラは今着ているドレスの構造を思い出す。

彼の肩を少し押すと、ルーカスはアイラも一緒に引き上げてベッドに座る。アイラはそのままルーカスに背を向けた。

「この背中のクルミ釦を外さないと脱げないの」

そのクルミ釦は、背中から腰の下まで続いていた。

それを取ると、身体をぎゅうぎゅうに締め付けているコルセットが出てくる。

「こんな面倒くさいもの、どうやって着たんだ？」

ルーカスは大きな手で、ちまちまと釦を外しているようだ。

その仕草に思わず笑みが零れる。

「着せてもらったの。ひとりじゃドレスなんて着られないわ」

「じゃあこれからは脱ぐ時は俺が手伝う」

「いつものお仕着せが一番楽なんだけど……」

ルーカスの不埒な言葉を聞かなかったことにしつつ、徐々に楽になっていく身体にほっと息を吐く。

ドレスを脱ぐと、次いでコルセットも外され、シュミーズ一枚の頼りない格好に恥ずかしさが込み上げる。

「サフィ」

またくるりと正面を向かされて、名前を呼ばれた。

昔の愛称でアイラを呼ぶのは、もうルーカスしかいない。

彼は、大事な宝物のようにアイラを呼ぶ。

「ルー」

アイラが視線を上げると、ルーカスの黒く輝いた瞳とぶつかり、唇が塞がれた。

唇って、柔らかいんだな、と思うくらいゆっくりと、しっとりと、ルーカスの唇がアイラに重なる。彼は顔の向きを変えて自分の口を開き、アイラを食べるかのように口づけを繰り返した。

「ん……っ」

その熱さに戸惑い、少し身を退いたものの、ルーカスの手に捕まってしまう。

頬を両手で包み込まれ、しっかりと唇を塞がれた。そのまま逃がさないとばかりに、背中に手が回り抱き寄せられる。

片手がアイラの胸に移動した時、「あ、」と声が上がって身体がびくりと震える。思わず顎を引いてしまうが、ルーカスはそれを許さなかった。

「サフィ」

もう一度、と言うように名前を呼び、真上を向くほど顔を仰のかされて上から唇を押し付けられる。背中を引き寄せられ、彼の自由な手によってアイラの胸は柔らかさを確かめるように形を変えられていた。

肩紐が外れていたシュミーズは、するりと落ちて腰のあたりでまとまっている。

ルーカスの手が、直接肌に触れてくる。胸も肩も腕も、腰も背中もなぞるように触れられて、確かめられる。肌が震えて、身体の奥がじわりと濡れた気がした。

気がした、ではない。

確かに濡れているのだろう。

アイラは自分のあまりのはしたなさに頬が熱くなってくる。大人しくキスを受け続けることが難しかった。

「ん、ん、る、ぅ」

「サフィ？」

そっとルーカスを押し返すように肩に手を置き、ようやく口を解放してもらう。真っ赤になった顔を見られることが恥ずかしくて手で覆いながら、身体を隠すようにしてルーカスにすり寄る。

「は……恥ずかしくないの？」

「何が？」

意味がわからない、というふうに訊き返されて、アイラはやっぱりルーカスは自分とは違う生き物だと実感する。

「見るのが？　触るのが？」

「……どっちも」

アイラの答えに、ルーカスは平然と答えた。

「別に恥ずかしくはないな。俺はサフィを見たいし、サフィにも見てもらいたい。触りたいし、触ってほしい」

「そんな……」

「サフィは俺のものだし、俺もサフィのものだから。そういうものだろう？」

顔が熱かった。

身体も熱かった。

なんてことを言うのだろう、とアイラはルーカスを憎らしくも思った。

アイラは今、混乱し、困惑し、恥ずかしさでどうにかなってしまいそうで、心が一時も落ち着かない。でもこれをどうにかできるのは、ルーカスだけなのだということはちゃんとどこかでわかっていた。

しかし、それを知られてしまうのが悔しいという気持ちもまだ残っていた。

アイラは顔を覆っていた手をゆっくり外し、目の前にあったルーカスの首筋にちゅ、と口づける。

そしてちらりと盗み見た。

「……どこまで触るの？」

「――全部」

「――えっ」

ルーカスはその瞬間、アイラをベッドに押し倒した。

上から圧し掛かりながら、先ほどよりも熱を含んだ、不安さえ呼び起こすような強い視線でアイラを射貫き、こう言った。

「全部触って、全部舐める」

アイラはそう思ったけれど、とても逆らえそうにはなかった。

──舐めるって、なんで？

「え……っ」

＊

こんなにも夢中になったのは、いったいいつ以来だろう。

ルーカスはアイラを抱きしめながら真剣に考えた。

彼女の手を取り、指と指の間に自分の指を入れてゆっくりとそこをなぞる。

「ん、ん……っ」

そんな微かな刺激にすら、アイラは反応する。

目尻が赤いのは、先ほどまで「やめて」と泣かれるほど全身を舐めしゃぶったからだ。

背中もつま先も耳の中も、舌でくすぐると、アイラは感じてくれる。

それが嬉しくて、どこをどうしたらもっと反応してくれるのかと、全身をくまなく探った。

脚の間、アイラの髪色と同じ黒い和毛(にこげ)に守られた場所に触れた時、一番の恥じらいと反応を見せてくれた。

指で襞の間を探ると滴(したた)るほど濡れている。

陰唇の中に隠れている核を指で押すだけで、アイラは乱れた。

「んあ、ああ、や、そこ、ああぁっ」

ぬぷりと膣の中に指を入れても、もう痛みはないようだ。

親指で核を刺激しながら、しばらくして慎重に二本目の指を入れる。

「あ、あ、あっ」

もう一度イけばいい。

アイラは、初めて絶頂を迎えた時、壊れてしまうと言ってすすり泣いた。

その泣き顔は、ルーカスに生まれて初めての感情を植え付けた。

もっと。

もっと泣いて、もっと啼かせたい。

もっと乱れて、俺でおかしくなってほしい。

「サフィ、サフィ」

「や、あ、あん、んっ、ん、る、るぅ、るう……っん、ん！」

びくん、と腰が蠢いて、アイラは何かに耐えるように顔を歪める。丸まったつま先がかわいい。またイったのだということは指に絡みつく膣の具合でよくわかった。

さらに濡れたようだ。

アイラも濡れているが、ルーカスも濡れている。

ルーカスの陰茎は硬く大きく膨らみきっていて、亀頭の先からは我慢できない先走りが溢れてしまっていた。

これを、サフィの中に。

そう思うだけで、背中がぞくぞくと震えてくる。

だが、少しでもこの興奮を嚙みしめていたいと、最後のぎりぎりのところで欲望を我慢していた。

そのくらい、アイラに夢中だった。この昂りには覚えがあった。

——そうだ、黒熊を獲った時だ。

ルーカスは森の主であろう大きな黒熊を獲った後、毛皮のマントにしようと思い立ち、製作を始めた。完成まで三年かかった。

あまりに時間をかけたので、アハトに完成させないのか、と呆れられたくらいだ。

しかし、仕上げてしまうとこの興奮が終わってしまう気がして勿体ない。そう思うとなかなか仕上げができないまま、眺めるだけの時もあった。

それに似ている、と気づいたのだ。

震えるアイラを眺めているだけで、ルーカスの興奮は続く。

「……っる、う」

「——っ」

だが存外、自分は我慢強くないようだ。

舌ったらずに呼ばれ、潤(うる)んだ目で見上げられるだけで、ルーカスは理性など焼き切れて、獣のように腰を振ってしまいそうだった。

そう、気づけば、腰を振りたいと願っている。

サフィの中に挿（はい）って、奥まで繋がって、いっそ壊れるまで振り続けたい。

ルーカスは、こんなふうに思う日が来るなんてと、自分が一番驚いていた。

これまでどんなにしつこい女たちに襲われても、まったく反応しなかった性器は、アイラのしどけない姿を見て、唇に触れただけで爆発しそうだった。

あまりに女に反応しなかったせいで、いつしかルーカスをイかせられた女がルーカスを手に入れられる、などと意味のわからない噂が領内に広まり、おかげでルーカスは安眠を脅かされ、とうとう檻を作るまでになってしまったのだった。

これまでいろんな女がルーカスを襲ってきた。

見目麗しいと評判の女も、誰よりも大きな胸を持った女も、幾人も男を手玉に取った女も。

しかしルーカスは誰にも反応しなかった。

今のこの自分の状態を考えると、やはりルーカスはアイラを待っていたのだと思う。

アイラだけしか欲しくないのだ。

アイラのために本を読み漁り勉強しておいて良かった。

「サフィ」

「ん……っ」

アイラは、愛称で呼ぶと少し嬉しそうな顔をする。

誰も、本人ですら気づいていないかもしれないが、この呼び名はアイラにとって何より大事なものなのだろう。

ならばルーカスも大事にしなければならない。

大切な大切な宝物を守るように、ルーカスはアイラを呼ぶ。

そして開かせた脚の間に腰を摺り寄せ、アイラの陰唇に亀頭を埋める。それだけで達してしまいそうになるのを必死に堪えた。

「あ……っん、るぅ……っ」

「サフィ、サフィ……俺の、サフィ」

昔は、俺だけのサフィではなかった。

アイラは、彼女の両親のものだった。

アイラは特に、父親に「僕のサフィール」と呼ばれるのが何より好きだった。

それに対抗して、ルーカスもサフィと呼んだ。

少しでも、自分に振り向いてほしくて。

自分を見てほしくて。

「サフィ……っ」

腰を進めると、ぬぷり、と濡れた秘所が擦れ合って、音を立てた。

彼女の中に埋まっていく陰茎を見るだけでぞくぞくと震える。

アイラを自分の形に開かせていくことが、これほどまでに背徳感のある悦びになるとは、ルーカスだって予想していなかった。

「あ、あ、あ……っ！」

一気に突き入れるなんて勿体ない。アイラの身体のためにもゆっくりと抜き差しを繰り返すと、ぬぷぬぷと淫猥に濡れた音が耳に届く。

アイラにも聞こえているはずだ。

肌が白いせいで耳どころか、うなじのあたりまで赤くなっているのがよくわかる。

もっと自分を感じてほしくて、ルーカスはアイラの膝裏を持って抱え、腰を浮かせるようにして少しずつ奥へ進めた。

「ん、んぁ、あ、あ、あぁぁっ」

「ん、く……っ」

ルーカスのすべてが挿ってしまうと、アイラの小さな悲鳴と共に身体を突き抜ける感覚に、我慢ができなくなる。

ぶる、と思わず腰が震えて、アイラの中を少し濡らした。

「ああ……すごく気持ちいいんだな」

「……っそ、いう、ことを……っ言わない、でっ、ルーのばかっ」

アイラだって、これを悪くないと思っているのは繋がっているからよくわかる。

恥じらって、困惑して、思わず悪態をついてしまうアイラが愛しい。

黒熊以上に夢中になれる。

「サフィ」

「んっ！」

腰を強く、ぐっと押した。

それにアイラが目を強く閉じて、耐える。

気持ちいい。可愛い。堪らない。

これでアイラのすべてが自分のものだと実感してなお、ルーカスは昂りを抑えられなかった。

「サフィ、サフィ、サフィ」

「ん、ん、あっあん！」

小刻みの抜き差しが、徐々に強く、大きくなっていく。

ルーカスは夢中になってアイラを抱きしめ、激しく腰を揺らすことに意識を奪われた。

腕の中のアイラが、柔らかな身体を押し付け、同じようにしがみ付いてくれることが、ルーカスをさらに煽る。

「サフィ、サフィ……っこれで、全部、俺の、だ！」

「あ、あ、ああぁっ」

最奥に、全部が届くように、ルーカスは強く腰を押し付けた。

一番気持ちいいところですべてを吐き出す。

アイラの中で果てるこの快感を覚えてしまうと、もう外でなんて出せないだろう。

ルーカスは、もう二度とアイラを放さない、と誓った。

＊

侯爵夫人となったアイラの新しい生活が始まった。

しかし正直なところ、これまでの生活とどこが変わったかと聞かれても、うまく答えることはできない。

何故ならアイラの生活自体は、あまり変わっていないからだ。

家事が好きだから、家事をしたい。

そう言うと、ルーカスはアイラを自由にさせてくれた。

だから、それまでと変わらないように朝から調理場に立ち、皆の分の朝食を作り、ルーカスやアハトと一緒に食事を摂る。

まだまだ手をかけなければいけない屋敷を掃除していく。

今は、通いで来てくれる女性たちがいるので、仕事はとてもはかどった。

ただ、立場上、使用人のお仕着せは駄目だ、とヘンリクやアハトに言われて、派手でないものという条件で、ドレスを身に着けるようになった。

ひとりでも着られるようなものだったが、使用人の仕事がなくなってしまうのも困ると言われ、アイラも納得し、侍女予定の女性が手伝ってくれている。そして髪型も自分ではできない複雑な形に編まれ、最後にドレスを汚さないように、と白いエプロンを付けるようになった。

これでオルコネン侯爵夫人アイラの完成だ。

アイラには、家事の他にもうひとつやるべきことが増えた。

ルーカスに領主の仕事をさせる、という重要な役目だ。

正直、ルーカスはちゃんと仕事をしているのだと思っていた。

辺境騎士団の訓練が夜明けに始まるということはアイラももう知っている。自分に合わせて起きなくていいと彼に言われ、実は少しほっとしていたのだ。

あの宴の夜に初めて身体を繋げて以来、ルーカスは毎夜アイラを求めてベッドに潜り込んでくる。毎回毎回もう無理だ、と思うのに、ルーカスは手を緩めたりはしない。

このままでは身体がもたないので、一日に一度だけ、という制約をどうにか取り付けることができたが、結果、その一度がしつこく長くなって、いい加減にしてほしいと言ったのは一度や二度ではない。

それでも嬉しそうで幸せそうなルーカスを見てしまうと、二度としない、とは口に出せなくなるあたり、アイラはルーカスに甘いようだ。

そんな理由から夜明け前に起きるのが難しいアイラだが、どんな体力をしているのか、ルーカスは毎日きちんと起きて訓練をこなしているらしい。

そしてアイラの作った朝食を食べるとまたどこかへ向かう。昼食の時間には戻って来て食べて、またどこかへ消える。そして夕食の時間に戻って来るのだ。

アイラも屋敷の仕事で忙しいので、そこまで気にしてはいなかったけれど、ヘンリクから昨日、「ルーカス様に仕事をさせてくれ」と言われた。

いったいどういう意味なのか、と首を傾げたのは、アイラはルーカスが毎日仕事をしていると思っていたからだ。

しかし実際には、離れの奥の部屋など屋敷のどこかに潜んでいたり、外に出て帰ってこなかったりと、仕事をしているわけではないようだった。

ゆっくりと冬が始まっているので忙しいわけではないが、仕事が何もないわけではない。

このままだといつか机の上に積み上げられた書類の山が雪崩を起こす、と言われてアイラは執務室を覗いて驚いた。

本当に書類で机の上が見えなかったからだ。

この部屋に掃除に入ったのは最初の頃で、あまり使われていないようだからと後回しにしていたが、こんなことになっているなんて。これまでまったく気づかなかった自分の間抜けさに呆れる。

そして、仕事をしないまま逃げているルーカスにも怒りを覚えた。

いつもルーカスの手伝いをしているらしいアハトは、宴の後、王都に行ってしまっている。

　自分の役目は終わったとばかりに、当初の予定通り、この冬を王都で過ごそうというのだろう。それもあって、領主の仕事はまったく減る様子がないという。

「ルー！」

　アイラは朝食後、どこかに行ったルーカスを呼び戻すため、屋敷中を捜し回って、ようやく、調理場から外に出たところにある薪小屋の中でその姿を見つけた。

「こんなところで何をしているの？」

　ルーカスは見つかったことを焦るでもなくにこやかに振り返った。

　夢中になって何かを作っていたようで、手元のものをアイラに見せる。

「知恵の輪。木で作れないかと思って」

「…………」

　確かに、木を細く削って作られた輪がふたつ、繋がった状態で彼の手にあった。

　器用だな、と感心したものの、それは仕事を放り出してまで今しなければならないことなのだろうか。

「……それ、今、必要なもの？」

　つい、アイラは思ったそのままを口にしていた。

　ルーカスは一瞬考えて、首を傾げる。

「人によるかな？　誰か欲しいと言う人がいるかもしれないし」

「今！　今欲しいと言う人はいないのよね？」

「いないな」

あっさりと答えるルーカスに、呆れを通り過ぎ、怒りが込み上げる。

「……ルー、どうしてお仕事をしないの？」

ルーカスはぎくり、と悪いことをした子供のように身体を強張らせた。

「お仕事。領主なんだもの、あるんでしょう？　毎日騎士団の訓練には行っているのに、どうして領主のお仕事には手を付けないの？」

「く……訓練は、毎日しないと怒られるから……」

「誰に？」

アハトがいない今、ルーカスに命令したり怒ったりできる者はいない。

辛うじて、ヘンリクが小言を言うくらいだが、ルーカスが堪えている様子はない。

アイラのためならなんでもするという姿勢を崩さないルーカスだが、自分に関わることは本当に無頓着だ。

今も、朝にアイラが用意した服を着ていて身なりは悪くないが、髪はどこで見つけたのか、よれた黒い紐でくしゃくしゃのままひとつにくくっているだけだ。

この頭もどうかと思うが、ヘンリクに言わせると、顔を見せるようになっただけましということらしい。

――でも、編み込んだ髪、綺麗だったな。

アイラはそう考えると、ふと思い立って提案してみることにした。

「ルー、髪の毛編んであげようか？」

「……サフィが？」

「そう。儀礼服を着た時みたいに、綺麗に。そうしたら、もっと格好良くなると思う」

「……そうか？」

「そうよ。それでお仕事もしたら、もっと格好いいのに」

「…………う、む」

反応は遅いが、少し気持ちが傾いていると感じて、アイラはもう一歩踏み込んでみた。

「領主のお仕事そんなに嫌いなの？　できない……わけじゃないわよね、ルーだもの」

ルーカスは、器用な人間だった。

頭の回転も、人の何倍も速い。

運動神経もずば抜けているから、騎士団団長の役割も問題なくこなすだろう。

ルーカスは昔から何かに夢中になると、寝食を忘れてひたすらそれを追求するところがあり、見事に完成させてしまうすごさがあった。

ヘンリクに言わせると、「仕事はできるんですが……やればできるんですが」ということだから、やはりやらないだけらしい。

「やりたくない何かがあるの？」

アイラの問いに、ルーカスははっきりと反応した。

顔を顰め、子供の様に唇を尖らせる。いい大人がしていい表情ではないことは確かだ。

「ルー？」

それでも聞き出そうと、アイラは怒りを静めて顔を覗き込む。

そこで、ルーカスのほうが折れた。

「…………人に会いたくない」

「……ぇ？」

その答えの意味が理解できず、アイラは曖昧な反応をしてしまった。

「会いたくない、人に。あんまり、できれば、本当に」

「ど、どうして？　屋敷の人たちとは毎日会っているでしょう？」

「ヘンリクたちは、もう俺に何も言わないから、いいんだ」

「ヘンリクさんたちは……？　じゃあ、誰が？」

「王都にいるやつら、だ」

「え？」

「やつらは俺が嫌がっても構ってくる。しつこくくっ付いて来る。嫌だって言っても諦めない。みんな俺の顔を見ると、ふらふら寄ってきて離れてくれない……」

なるほど、とアイラは納得した。

この整った顔を見れば、ルーカスを追いかけたくなる人の気持ちもわかる。

特に、王都の貴婦人や令嬢たちは、放っておかないだろう。

アイラはそこでようやく、ルーカスが顔を髪の毛で隠していた理由がわかった。

顔が綺麗なのも大変ね、と他人事のように思ってから、ひとつ提案してみる。

「じゃあ、顔を隠す？　前みたいに髪の毛じゃなくって、何か他のもので……」

「隠しても寄って来る。特に野郎どもが、おっさんが、うるさい」

「…………えっ」

異性だけかと思ったら同性にまで。

アイラはルーカスの大変さを知り、少し憐れみを感じた。

「昔、どこかのおっさんが悩んでいると言うから解決策を答えたら、その次もその次も聞かれて、延々と放してくれなくなった。しつこいっつってもやつらは動じない。俺の都合はお構いなしだ。あと俺に仕事を押し付けてくるやつがいる。王都は嫌な奴ばかりで、嫌だ」

王都で行われた叙爵の儀で、ルーカスは黒熊の毛皮を被って不愛想だったと聞いたが、その理由がわかった。

そんなことばかりだったら、人付き合いにうんざりして誰も近づかせたくなくなるのも無理はない。

アイラは、それほど嫌だと思っているならしなくていいのでは、と気楽に考える。

「なら、王都には行かないでいいんじゃないかしら？」

この領地の屋敷にいるのなら、ルーカスは顔を晒しても平気だし、騎士団の仕事もできるようだ。

ならばわざわざ面倒な場所に行く必要はないと思ったが、ルーカスの顔色は一段と暗くなっている。

「仕事を終えてしまうと……収穫やら賊の報告やら領地のことを、俺がまとめて王都に報告しに行かなければならない……もう爺様はいないし、代わりはいない」

なるほど、とアイラは三度納得した。

子供じみていて、呆れるような内容だが、本人としては大真面目なのだろう。

彼は、騎士団の訓練はきちんとこなすし、屋敷や領内の者たちとは自然に交流する。悩み事だって領主として親身に聞いて対応しているのだ。その彼が嫌だと言うのだから、王都はよほど水が合わないのだろう。

実際、ルーカスを見ていると、この人は本当に貴族だろうか、と思うことばかりだ。

身分差がどうのと身構えていた自分が馬鹿馬鹿しくなるくらい、ルーカスは何にも囚われていない。

だからこそ、アイラはこの場所が気に入っていた。

もうどこにも行きたくないと思えるほど、ルーカスのそばにいたいと、ここで暮らしていたいと願っていた。

だからなおのこと、ルーカスのために何かをしたいと思っているが、これほど嫌がっている相手に強要するのは難しい。どう説得するべきか、それとも甘やかしてしまうべきか、と考えて、ふと気づいたのは今のルーカスの姿だ。

ルーカスは女からだけでなく、男から見ても息を呑むほど整った容姿をしている。口を閉じて表情を失くすと、硬質な人形のようだ。そして毎日ちゃんと訓練をしているおかげで鍛え抜かれた体軀がそれに合わさると、なんとも言えない迫力を持った男性になる。

黙ってその黒い瞳に見据えられたら、どんなに慣れた者でも萎縮してしまうのではないだろうか。

そう思うと、ルーカスがこんなに怯え怖がる必要はないようにも思えた。誰もが気圧されるような迫力があるのに、子供のように丸くなるルーカスに笑ってしまいそうになった。しかしルーカスは真剣に悩んでいる。

恐らくルーカスが王都で周囲から追われていたのは子供の頃で、今なら同じ状況にはならないはずだ。それをどう説明して納得してもらうか、とアイラがまた思案していると、ルーカスも考えていたのか、ぽつりと言った。

「……サフィがいるなら、行ってもいい」

「え？」

「サフィが一緒に行ってくれるなら、王都に行っても、いい」

「本当？」

念を押して聞いてしまったのは、そんなことくらいで、と思ったからだ。

ルーカスの隣にアイラがいてもなんの威嚇(いかく)にもならないとは思うが、ルーカスが望むのならアイラはなんでもするつもりだ。

それはルーカスが同じように思ってくれているからだ。

「本当。髪をやってくれる？」

「いいわ」

「仕事中もそばで見ていてくれる？」

「いいわ」

「ちょっとムラっとしたからここでしていってもいい？」

「いいわ……え？」

「言質(げんち)は取った」

「え、ちょ……っと!?」

にやりと笑うルーカスは、それまでの拗ねた子供のような態度はどこへやら、逃げようとするアイラを意地悪そうな顔で捕まえ、胡坐(あぐら)を掻いた膝の上にあっさりと座らせる。

「ちょ……っと、こんな、ん、とこ、ん、で……っん」

ちゅ、ちゅ、と音を立てるように口づけるルーカスを止めようとするが、あまりの手の早さに驚くことしかできない。

ドレスの裾から手を入れ、シュミーズの下、ドロワーズの上からアイラの一番敏感な場所をくすぐり、身体を先にその気にさせている。

「も、もうっ、こんな……っあ、ん！」

薪小屋の扉は閉じているが、いつもの寝室ではない。屋敷の中ですらない。

こんな、誰がいつそばを通るかわからない場所で昼間からしてしまうなんて信じられない。しかし、拒む理由を考える一方で、同じだけ煽られている気もする。

そんな自分が恥ずかしくて、赤い顔でルーカスを睨み付ける。

「サフィ、誘っている顔になってる」

「え……っんん！」

驚いて反論する前に、ルーカスに唇を食べられた。

すべてを舐めるのが好きなルーカスが、口腔を舐めない理由はない。

唾液を滴らせて、卑猥な水音をわざと上げるような、互いのものを飲み合うような濃厚なキスが、ルーカスの最近のお気に入りの様だった。

「あ……ん、ふぁ……ん」

秘所を弄（いじ）られつつ絡まる舌に、アイラも次第に気持ちを昂らせてしまう。

——こんな、ところで。

そう思うと、余計にどきどきしておかしくなりそうだった。

「サフィ、挿れる」

本当にあっという間に、慣れた手つきでルーカスはアイラのドロワーズを下ろしてしまった。いつの間にか寛げた自分のトラウザーズの前から出した陰茎を擦り付けている。

「る、るう、るぅ……っ」

「サフィ」

名前を呼ばれると、もう抵抗する気力など残っていない。

ルーカスによって引き起こされた熱はなかなか引くことはなかった。

＊

最近は非常に順調だな、とヘンリクは機嫌が良かった。

ある日を境に、ルーカスは仕事をさぼらなくなった。

本当にどこに消えるのか、そんなところに知能の無駄遣いをしてほしくはないのだが、一度隠れたルーカスを見つけることはなかなか難しい。

しかし、近頃は突然消えることもなく、真面目に仕事をしてくれる。

毎日妻であるアイラに髪を整えてもらい、仕事中はそばで見守ってもらわないといけないのだが。

領主としての自覚が芽生えた——というより、仲の良い夫婦の間で、なんらかの取引があったのだろう。

だがそれを聞くのは野暮だな、とヘンリクは気づかないふりをしていた。

いや、屋敷中の者が気づかないふりをしている。

傍目（はため）からも、こんなにも仲の良い夫婦はいないのではないかと思うくらい、領主夫妻は

仲が良い。

最初はどうなることかと思ったが、この結果を誰が予想しただろう。

実のところ、ヘンリクは、この結婚がルーカスの人嫌いを直すきっかけになればいいな、と考えていたが、思った以上にルーカスはアイラが好きらしい。

そしてアイラも、ルーカスを想ってくれているようだ。

この様子だと、次代が生まれるのもそう遠くないだろうと期待が高まる。

しかし、物事はうまく進みすぎると何かが邪魔をするものらしい。

「ヘンリク様、王都のアハト様より手紙が……」

従僕のヨハンからの声に、何か起こったのか、とヘンリクは身構えた。

便りがないのは元気な証拠、という考えを持つアハトはあまり手紙の類を出さない。

そのアハトからの手紙だ。

不吉としか思えないものが、ヨハンから渡された。

ヘンリク宛てのものと、ルーカス宛てのものだ。

ヘンリクは自分宛ての手紙の封を開けて中を一読し——思わず天を見上げてため息を吐いたのだった。

4章

「王都に来いって、どういうことだ？」

ルーカスは思い切り顔を歪めた。

祖父のアハトからの手紙には、やっかいなことになった、と記されていた。

そのやっかいなことは、ルーカスではなくアイラに関することだったのだ。

となりにいるアイラの顔も青い。

このところ、アイラはルーカスのそばにいることが多い。

もちろん家事を怠っているわけではない。

食事の用意はちゃんとしているが、掃除は人に任せることが多くなったから、その分ルーカスに時間をかけているだけだ。

ルーカスの髪をまとめたり、身なりを整えたりすることが、アイラは思いのほか楽しいらしい。

ルーカスとしても、アイラにそばにいてもらえるのだから嫌なはずがない。

「手紙をちゃんと読みましたか？」

ヘンリクに子供に聞くように問われて、さらに腹が立つ。

「読んだ。読んだが意味がわからない。どうして俺がアイラ以外の女と結婚しなきゃならないんだ？」

「結婚しなければならない、とは書いていなかったと思いますが」

ヘンリクのへ理屈のような言葉はどうでもいい。

アハトの手紙を要約するとこうだった。

王都で提出した婚姻契約書に書かれている名前は、キルッカ男爵家の令嬢ライラのものだ。

そういえばそんなことを最初に祖父が言っていたな、とルーカスも思い出したが、実際にライラと結婚することはないのだからルーカスには関係のないことだった。

だが王都では、辺境に嫁いだはずのライラが社交界の催しに参加しており、どうやら王命に逆らって結婚していないようだ、という噂が広まり始めたらしい。

そこでアハトは、事の次第を説明し、書類のほうを直せばいいと国王に進言したらしいが、国王もそこでルーカスが勝手に平民と結婚した――しようとしている――と知り、元々の王命を遂行するようにと憤慨しているようだ。

臆病者のくせに融通の利かない国王のことはどうでもいいが、アハトが気にしているのはカルヴィネン侯爵家が出てきたことだった。

カルヴィネン侯爵は確かすでに高齢だが、跡継ぎが決まっていなかったはずだ。

娘がふたりいたはずだが、妹のほうはキルッカ男爵家に嫁ぎ、姉のほうは行方知れず。どうも平民と駆け落ちした、という噂があるらしい。

カルヴィネン侯爵はそれを否定しているものの、姉はずっと社交界に出て来ていない。キルッカ男爵家のライラは、カルヴィネン侯爵の孫でもある。侯爵家に跡取りがいないため、娘婿のキルッカ男爵、もしくは孫のライラの婿が跡を継ぐかもしれないという噂も一部であったらしい。

その関係で、カルヴィネン侯爵が孫を心配して口を出してきたのかと思ったが、口を出す孫が違うらしい。

孫は孫でも、カルヴィネン侯爵が気にしているのはライラではなく、もうひとりの、駆け落ちした娘の子供のことだという。

手紙にはそれがアイラだと書かれてあり、つまり彼女がカルヴィネン侯爵の孫だというのだ。

手紙の内容を知ったアイラはすぐに真っ青になった。

ルーカスにはわからなかったが、アイラは事情を知っているようだった。

*

どうして、今更。

アイラは自分の足元が真っ暗になって、沈んでしまいそうだった。

ここの暮らしが気に入っていたのに。

これが続くものだと思い始めていたのに。

やはりアイラの人生は、楽観すべきものではないようだ。

ぐるぐると視界が回る。

いや、回っているのは自分かもしれない。

いったいどうして、と考えていると、その揺れが突然止まった。

「サフィ」

「…………あ」

耳に届いた声は、アイラにとって大事な呼び名だ。だからアイラの耳にちゃんと聞こえた。

何度か目を瞬かせると、間近にルーカスの顔があった。

ルーカスが手を伸ばした先にはカップがあり、それを口元まで運ばれてアイラは冷たい水を口に含んだ。

「大丈夫か？」

飲み込むと、頭がすっきりした気がしてもう一口、と二度ほど飲む。

そこでようやく状況を理解した。

ルーカスにカップを渡したのはヘンリクで、アイラはルーカスの膝の上に座っていた。

慌てて下りようとしても、強い力で肩を摑まれ引き寄せられているせいで、離れられない。

けれど今は、その力強さが嬉しかった。

「意識はちゃんとしているな」

ルーカスに確かめられて、アイラは頷く。

どうやら眩暈を起こしたようだ。倒れる前に、ルーカスが受け止めてくれたのだろう。

ありがとう、とお礼を言うと、ルーカスはひとつ頷き、アイラの目を見つめて言った。

「それで、カルヴィネン侯爵はアイラの祖父なのか？」

「――――！」

まるで遠慮のない、直接的な問いかけに、アイラはまた感情が抜けたような気持ちになった。

すぐそばで、ヘンリクの焦った声が聞こえる。

「ルーカス様！　訊き方！」

「む、何かおかしいか？　一番重要なところを確認しただけじゃないか」

「それだからデリカシーがないとか、頭が良くても常識が抜けているとか言われるんです。本当に、お母上そっくりで……！　アハト様の持つ気遣いはどこへ行ったのか！」

「そもそももらっていないいんじゃないか？」

「お父上はあんなにもできた人ですのに!?」

「その父親に全部取られてこっちまで回ってこなかったんだろ」

「く……っあの不良騎士めが……！」

ふ、とアイラは笑った。

つい先ほどまで緊張の糸が張り詰めていたのに、あまりにも日常と変わらないルーカスとヘンリクの会話に、するりと気持ちが緩んでしまった。

ルーカスの気遣いのなさは、昔からだ。

強情で、負けず嫌い。自分本位なのに、人のことをよく見ていて、アイラにはとても優しかった。

――やっぱり変わっていない……なら、大丈夫、話せる。

そう思うと、アイラの気持ちは落ち着いた。

アイラの笑みに気づいたのか、ルーカスが視線をアイラに移す。その心配そうな顔を見て、つい言うべきこととは違う言葉が零れてしまった。

「そういえば、ルーのお父さんとお母さんは、どこにいるの？」

尋ねた後で、聞くべきではなかったかもと慌ててしまったが、答えはあっさり返って来た。

「海神騎士団にいるが」

「――え」

予想外の答えに、アイラは目を丸くする。

「元々母が、海神騎士団の騎士なんだ。両親は王都で出会ったらしいが、母が辺境になど行けないと言ったから父が戻って来なかった。結果、俺が侯爵家の跡取りになった」

「そ、そうなんだ……」

「十歳くらいまで、俺も王都の屋敷と海神騎士団の詰所を行ったり来たりしていたんだが、海で溺れかけて以来、もう二度と海を見たくなくて、辺境に、ここに来た。……そういえば、サフィと出会ったのもその頃だな」

「え？」

「海が嫌でひとりで辺境に向かっている時、サフィに会ったんだ。あれが運命と言うやつかもな」

「ひ、ひとりって……あ！　やっぱりルー、あの時迷子だったでしょう？」

「迷子ではない。サフィを見つけたから、迷子ではない」

「どうして素直に認めないの……子供が迷子になったって、誰も怒ったりしないのに」

「俺は迷子にならないからだ。あの暮らしは、結構好きだったな。辺境に戻る予定がなかったら、ずっとあそこにいたかった」

「——急にいなくなったくせに」

「…………もういなくならない」

返事はどこか言い訳じみていて、拗ねた様子のルーカスに微笑んでしまう。

「あの時は本当に、皆大混乱で大変だったんですがねぇ……」

ヘンリクも昔を思い出したのか、苦い顔になっていた。

「ある日突然、十歳の子供が家から消えたんですからね。ルーカス様は昔から頭の良いお子様でしたから、誘拐か事故かと大人たちは大慌てで捜していました。普段はケロッとしているお母上まで心配して仕事を休んで捜していたくらいだったのですが……一月ほど経って、当の本人がひょっこり平然と帰って来たものだから、心配を通り越して皆怒りで震えておりましたな」

「そういえばそうだったな。爺様が怖かった」

まるで他人事のように話すルーカスだが、実際に大人の立場からするとかなりの事態だったに違いない。

「俺はサフィと会えたことに満足しているし、そういう運命だったのだ。結果的に良かったじゃないか」

笑いごとで済ませることだろうか、とアイラは思うが、自分も関係しているだけになんとも言えなくなる。大人なのに誰にも知らせずルーカスを受け入れていた自分の両親のおかしさも含めて、申し訳なくもなる。

「笑いごとですか！　もっと人の気持ちを察していただかないと！　いずれアイラにも愛想を尽かされますぞ！」

「――そうなのか？」

真剣な顔で見下ろされて、アイラは苦笑するしかない。

「今更よ。ルーのことは、よくわかっているもの」

「だよな。まったくヘンリクは見当違いのことを」

笑っているルーカスをヘンリクが強く睨んでいるが、当人はまったく気にしていない。

完全に気が抜けてしまい、アイラも笑うしかなかった。


アイラがカルヴィネン侯爵の孫であることは、紛れもない事実だった。

アイラの母がカルヴィネン侯爵の長女だったからだ。

母は、侯爵家の庭師で異国から来たという父と出会って恋をしたが、結婚を許されずに駆け落ちした。

その話は、隠していたことではないらしく、両親からよく聞いていた。

幼いアイラはその話を聞いても、大好きな両親が一緒にいられることになって良かったという思いしかなかった。

両親はカルヴィネン侯爵を敵に回したも同然だったから、王都での仕事は見つかるはずもなく、南へ下り、たどり着いた村に受け入れられて、父は庭師を辞めて木こりになって暮らした。

恐らく、王都での暮らしよりもだいぶ貧しかっただろう。

しかしアイラは自分たちが貧しいと思ったことは一度もない。ただ、ものがわかるようになってから、侯爵家の令嬢だった母が平民よりも貧しい暮らしをするのは大変だったろうと思った。

それでも両親はいつも笑って楽しそうだった。大切な家族だった。

『僕のサフィール』

そう呼んでくれたのは、父だ。

母と同じ色の瞳を受け継いだアイラを、父は心から慈しみ、愛してくれた。

ルーカスに会ったのは村の暮らしに馴染んだ頃で、彼との生活は、アイラにとってもそれまでで一番楽しい時間だった。

その後、ルーカスが突然いなくなって落ち込んでいるアイラを、両親はいろいろな手を使って励ましてくれた。そのせいでいつの間にか、両親がいるなら友達なんていらないと思い始めていたくらいだ。

しかしアイラが八つを迎える頃、森での事故で父が亡くなった。

それはあまりに突然で衝撃的で、特に盲目的に父を愛していた母は、心に深い傷を負った。

森での暮らしは悪くはなかったけれど、力のない女と幼い子供がふたりで暮らせるほど楽なものではない。

村の人に知り合いを当たってもらい、母子で王都に戻ったのはその時だ。

だが、財産などはほとんどなかった。王都で暮らすからといって、すぐに生活が向上するはずもないし、さらにお金のかかることが多かった。

　母は持っていた小さな宝石を売って、アイラは子供ながらに近所で手伝いをして、どうにかふたりで暮らしていたが、それも長くは続かなかった。

　アイラが十歳になるのを待っていたかのように、母もその年に儚くなった。

　母は父のことがあまりに好きすぎて、ひとりでは生きていけないだろうと、アイラは子供心にそう思っていた。

　それでも、アイラがひとりである程度のことができるようになるまで一緒にいてくれたのだ。

　ひとりでも生きていける——いかなければならない。

　アイラがそう決めた時だった。

　カルヴィネン侯爵家の使いと名乗る者がアイラを訪ねてきたのは。

　それから、アイラは知らない大人に囲まれ、まるで野良猫を綺麗にするように洗われて着替えをさせられ、ひとりの老人の前に連れて行かれた。

　それが、アイラの祖父であるニコデムス・カルヴィネン侯爵との出会いだった。

　ニコデムスは身体を悪くしているようで、ベッドから起き上がることもできないようだった。

　それでもアイラを孫と言い、もっと早くに見つけてやれていればと、もう自分の娘がいないことを嘆いていた。

罪滅ぼしのつもりなのか、ニコデムスは孫のアイラを侯爵家の令嬢にしようと、教育を始めた。

そこから、アイラの苦しい日々が始まった。

「嫌だったのか？」

「嫌だったわ」

眉間に皺が寄っているのに気づいたのだろう。

淡々と説明していたアイラの機嫌が一気に下降したことを察したルーカスに、正直に答えた。

「あそこでの暮らしはまるで――……自分が人形になったようだった」

「人形？」

繰り返されて、アイラは思い出すのも嫌で顔を顰める。

「あれをしては駄目、これもしては駄目。あれをしなさい、これをしなさい。ひとつでも間違えれば、それでも侯爵家の令嬢かと罵られて、刃向かおうとすると、これだから平民の子は、と貶(けな)されたわ」

「カルヴィネン侯爵が？」

アイラは首を横に振った。

「侯爵様は、ただの好々爺？　と言うのかしら。そんな人よ。孫が何をしても可愛いし、大事。でも自分の娘のように道を踏み外さないよう、使用人たちにしっかり教育をさせたの。確かにしっかり教育されたわ。散々両親を馬鹿にされて、何もできないなら何もしない人形でいろ、というのが使用人たちの総意だった。私はあの屋敷で、人形になっていた」

アイラを膝に抱くルーカスの腕に力が入っているのがわかる。

アイラは元来、身体を動かすことが好きだ。幼い頃から両親の手伝いをするのが好きだったし、母とふたりでいた頃は家事が天職だと思っていたくらいだ。

なのに、動くな話すな、ただそこに座って笑っていろ、と言われた。

それがどんなに辛いことか、ルーカスはわかってくれているのだろう。

そう思うだけで、アイラの心は落ち着いた。

「侯爵様も人形のようにしていた私に満足していたのだから、そうなることを望んでいたのかも。あそこの使用人たちは、誰も彼もが侯爵様のためにと考えていて、それは悪いことではないと思うのだけど、私は怖いとしか思わなかった」

「よし、カルヴィネン侯爵を潰すか」

さらりと怖い発言をするルーカスに、アイラは笑った。

しかし一緒に話を聞いていたヘンリクまで険しい顔をしているのを見ると、冗談ではない気がしてやっぱり笑った。

「いいの、もう。私も言いなりになるだけの子供じゃないし——それに侯爵様のところにいたのは五年くらいで、そこからキルッカ男爵家に引き取られたの」

「……なんでだ？」

本気で理由がわからない、という顔をしているルーカスの顔がまたおかしい。

確かに、事情を知らなければわからないだろう。

しかしあの時、人形のような生活から救い出してくれるキルッカ男爵たちは、アイラにとって救世主のようにも感じていた。

「キルッカ男爵家が狙っていたのは、跡継ぎがいないカルヴィネン侯爵家の爵位。本来なら、ライラの夫が手に入れるはずだったのに、私が現れて邪魔だったのだと思う。それで、歳の近い従妹と暮らしたほうが良いとかいろいろ理由をつけて、私を引き取ったの」

そこからこの辺境に来るまでは、想像できるだろう。

わがままで自分勝手な従妹のライラ。侯爵家から男爵家に嫁いだことで自分の価値が下がったと感じている叔母。充分裕福なのにそれでは足らず、侯爵家を牛耳ろうと野心を燃やす叔父。

そんな人たちと暮らすのだから、さすがに人形でなどいられない。

蔑まされ罵られ、名前すらまともに呼ばれない生活だった。けれど人形よりはましだった。

カルヴィネン侯爵にアイラの待遇を知られないよう屋敷からほとんど出してもらえず、逃げないように給金ももらえない環境だったけれど、使用人としての仕事や心得は身体に染みつくほど覚えさせられた。

そしてアイラは、使用人として働くことが嫌ではなかった。仕える家がキルッカ男爵家というのは不満だったが、仕事だと思えばなんでもできた。

むしろわがままなライラに耐え、時には先回りし希望を叶えてやることが楽しかったくらいだ。

最後には街道に捨てられたわけだけれど、結果、今を良かったと思えるのだから、不満はない。

アイラはそう思うのだが、他の者は違うようだ。

アイラにもはっきりわかるほど殺気を漲(みなぎ)らせて目を据わらせたルーカスが、ぼそりと言った。

「……よし、騎士団を動かす準備を。何、平和ボケした王都の屋敷をふたつほど潰すだけだから、半数いればいいだろう」

「ルーカス様、もちろん私もそこに参加させていただきますよ」

日頃温和なヘンリクまで不穏な気配を漂わせていて、アイラは慌ててふたりを落ち着かせる。

「いえ、あの、私は大丈夫ですから……」

被害者であるはずなのに、どうして自分が他の人を宥めているのだろうと、なんとなく釈然としなかったが、今は考えないことにする。

どうにかふたりを落ち着かせた頃、深くため息を吐いたのはヘンリクだった。

「ヘンリクさん？」

「……実は、アハト様が今回、アイラも王都へ来るようにおっしゃっているのは、そのカルヴィネン侯爵のためだと思われます」

「えっと……どうしてですか？」

ヘンリクは気まずそうにルーカスから視線を外していた。

「アハト様とカルヴィネン侯爵が、旧知の仲だからです。恐らく、アイラの出自もアハト様は最初から知っていたはず。だからこそ、ルーカス様にと薦めていたのだと思います」

その言葉に、アイラは愕然とする。

「……アハト様が……私が、カルヴィネン侯爵の、孫だから、ルーとの結婚を……？」

アハトには何度も結婚を勧められたけれど、身分については何も言わなかった。

それなのに、今更貴族の令嬢だったと知っていたからだと言われると、これまで築いてきたはずのアハトとの信頼関係が崩れてしまいそうで、悲しみが込み上げてくる。

だが、アイラの顔が曇ったのに気づき、ヘンリクが慌てて手を振った。

「いえ！　あなたをルーカス様に、と思ったのは、貴族であるかどうかは関係ないと思いますよ。そもそも、ルーカス様が行方不明になった時のことまで調べていたアハト様です。ルーカス様とアイラの関係はご存知だったと思いますし、実際、従姉妹の関係にあるアイラとライラ嬢の名前を書き換えるくらいでいいだろうとも思っていたのでしょう」

確かに、思い返せば、初対面の時、アハトはアイラを知っているようだった。

「ただ、そのアハト様が、王都に来てほしいと、アイラを呼んでいるのです。カルヴィネン侯爵に関する何かが起こったのかもしれません」

カルヴィネン侯爵に直接言われたのなら無視することができるが、アハト相手だと心苦しい。

眉根を寄せて考えていると、膝に置いた手を大きな手に包まれた。

ルーカスだ。

「何を考えることがある？」

「え？」

「王都に行けばいいだろう。それでカルヴィネン侯爵に会えばいい」

あまりにあっさり言われて、この人は何を考えているのかとルーカスを凝視する。

しかしその顔にはどこにも、面白がっている様子はない。

「俺が一緒に行くんだから、アイラに何かが起こるはずがない。カルヴィネン侯爵に会う時だって、ずっと一緒にいるから安心しろ」

「……ルー」

あまりにも強引で、傲慢にも聞こえるルーカスの発言だが、アイラの心には一番響いた。

握られた手を、自分からも握り返す。

「……うん」

ほんの少しだけれど、口角を上げて笑った。

笑える。

ルーカスが一緒だと、アイラは笑える。

人形のような愛想笑いではなく、感情のままに笑えるのだ。

王都で何が待っているのか、楽観できる事態ではないとわかっているけれど、ルーカスが一緒なら大丈夫だと、根拠のない自信がなぜかアイラの中にもあった。


夢を見たのは、その日の夜だ。

アイラはとても夫婦の営みをする気にはなれず、ただルーカスの腕に抱かれて眠ったはずなのに、気づけば豪奢な椅子に座っていた。

年代物の飾り椅子だったけれど、アイラはその背もたれに背中を付けることは許されなかった。

まるで背中に定規を入れられているように座って、身動きひとつできない。身に着けているドレスが重くて動けないのも理由のひとつだった。

手を見れば小さかった。まだ幼い子供の手に見える。

『下を向かない！』

ぴしり、と細い鞭がアイラの腕を叩いた。豪奢なドレスのおかげで、アイラの身体に傷がつくことはなかったけれど、身が竦むような思いをした。

『笑って座る、それだけのことがどうしてできないのです？』

髪に白いものが目立ち始めた家令の背中はぴんと伸びていて、アイラに姿勢の正しさを教えているようだったけれど、アイラがこの椅子に座って何時間が過ぎただろうと考えると額から冷たい汗が零れた。

『なんて汚い！　これだから下賤な平民は……』

家令の他に、何人かの使用人の姿もあった。しかし誰もが家令と同じ視線をアイラに向けていて、誰も助けの手を差し伸べようとはしない。

『いいですか？　ちゃんと座れるようになるまで、旦那様と会うことは叶いませんから。そもそも、高貴な方に平民が同席できるだけで大変な名誉なんですからね。旦那様に恥をかかせないよう、ただ座っているだけでいいというのにそれすらできないなんて』

座り始めてどのくらい時間が経っただろう。

気づけば今度は、頭を下げて挨拶をしていた。

『……アイラ・ラコマーです』

鞭がアイラの背中を打った。

『違う！　何度言ったら覚えるのですか！　まったく、下賤な者に慈悲深い旦那様が家名を与えてくれたというのに！』

アイラは家名を名乗りたいなんて思ったことはないと言いたかったが、言ったらまた鞭で叩かれる。結局、彼らが納得するまでおじぎを繰り返し、挨拶を覚えさせられた。

『アイラは小食だな、もっと食べないと大きくなれないぞ』

そう言ったのはカルヴィネン侯爵だ。

アイラは次に大きなテーブルの隅に座り、並べられた料理を前に手を動かせないでいた。侯爵に勧められても、アイラはコルセットで締められたお腹が苦しくて何も食べられない。

『旦那様、実はお嬢様は先ほどお腹が空いたとおっしゃってお菓子をお召し上がりに』

『なんだ、そうなのか。夕食が食べられないほどお菓子を食べるものではないぞ。しかし子供はお菓子が好きなものだな。アイラは何が一番好きなんだ？　今度買ってやろう』

『旦那様、お嬢様は旦那様からいただけるものならなんでもお好きです』

『そうか、ではいっぱい用意しなければな』

『良かったですね、お嬢様』

家令にそう言われた時は、答える言葉が決まっていた。

『ありがとうございます、おじいさま』

アイラはまったく嬉しくなかった。

お礼なんて言いたくなかった。

なのに口から言葉が出る。出るまで許してもらえないからだ。

彼らはアイラを人形にした。笑えと言えば笑い、座れと言ったら座り、立てと言ったらいつまでも立っている人形だ。

嫌だ、とアイラは思った。

人形なんて嫌だ。

動きたい、逃げたい、こんなところ嫌だ。

そう思っても、アイラは苦しくなるだけで、どうにもできなかった。

苦しい。

一度そう思うと息が苦しくなった。

苦しい——苦しい、苦しい。

嫌だ、ここは嫌だ、私は人形じゃない——。

「サフィ！」

耳に聞こえた声に、アイラはぱちりと目を開いた。

心音がうるさいくらい自分の耳に響いて、それに耐えられないように身体が震えていた。

「サフィ、大丈夫か？」

もう一度聞こえた声に、視線だけをゆっくりと動かすと、自分を心配そうに見下ろすルーカスの顔があった。

「……る、ぅ」

「だいぶうなされていた」

夢だ。

アイラは固まっていた気持ちがどっと解れるような気がして、全身の力を抜いた。

強張っていたのだとわかったが、ルーカスがもっと解そうと肩や手を擦ってくれている。

——夢だった。

アイラはもう一度そう思うと、今度は安堵で震えてルーカスにすり寄ってしまう。

ルーカスは何も聞かず、アイラを受け止めて抱きしめた。

「俺が一緒にいるだろう？」

そうだった、という声はうまく出なかったが、深く息を吐いたことで伝わったようにも思う。

ルーカスは濡れた額についた髪を払い、そこに唇を押し当てる。

「……汗を掻いたな」

「……気持ち悪い」

「よし、気持ちいい汗を掻くか」

「——え？」

「どうせ着替えるなら一緒だろ。それに気分も良くなるはずだ」

いったいどうしてそう思うのか。

アイラには理解できなかったが、ルーカスの手は素早かった。アイラの身体に張りついた寝間着を剝ぎ取り、ついでに自分のも脱ぎ捨て、あっという間に身体が繫がった。

「あ、あ……っ」

身を捩ったものの、ルーカスの律動はいつもよりゆっくりで、穏やかすぎた。

「ル、ルー、もう……っ」

激しいのも困るが、こんなに焦らされるような、終わりが見えないような動きにも耐えられない。涙ながらに強請ってても、ルーカスは綺麗な顔をにやりと歪めてみせるばかりだ。

「駄目だ。落ち着くためにも、ゆっくりする。もう悪い夢を、見ないようにな」

違う意味で悪い夢になりそうだった。

甘すぎる苛みに、アイラは宣言された通り、違う汗でいっぱいになった。

それでも悪い夢のことは、アイラの中から消えていた。

＊

辺境でもうっすらと地表に雪が積もるくらいの季節。

王都ではもっと積もっているだろう。

最悪、雪に遮られ、この冬はこちらに帰ってこられないかもしれないと覚悟しておいてください、とヘンリクに念を押された。

アイラはいいが、オルコネン侯爵家の当主も前当主も王都にこもってしまうとなると領地に差し障りがあるのでは、と思ったが、できる限りの仕事は済ませておくし、一冬ならヘンリクがいるのでどうにかなるということだった。

仕事を済ませておく、と言ったルーカスの言葉は偽りではなかった。

彼は執務室に溜まった書類仕事を一気に片付け、さらには騎士団に不在中の指示をいくつか出し、領内も回って必要な段取りはすべて整えていた。

たった一日でそれをやってのけたのだから、仕事に行きたくない、髪を編んで、と子供のようなわがままを言うルーカスの姿を見慣れていたアイラにはまるで別人に見えた。

ヘンリクの、「やればできる子なんですよ……」という呟きに深く頷く。

確かにそうだ。やればできる子。

なぜ普段からちゃんとしないのかと呆れながらも、頼もしさを感じたのも確かだ。

とにもかくにも、ルーカスとアイラは、冬の街道を王都へ向けて出発した。

ルーカスがいるからと、護衛は極限まで減らし、最短時間で王都に着くようにと計算された旅だった。

ルーカスがひとりいるだけで、護衛がここまで減るなんて、騎士としての腕がそれほどいいなんて思わなかった。本当に、ルーカスにできないことはあるんだろうか、とアイラは早駆けの馬車の中で考えていた。

辺境へ来る時は、ライラの機嫌と体調を考えて二週間以上かけた旅だったが、途中、観光を挟まず、馬を替えながらまっすぐに目指すと、王都までは三日しかかからなかった。

それが長いのか短いのか、アイラには判断できないが、馬車に並行して騎馬で走っていた護衛騎士たちが肩で息をしているのを見て、普通じゃないようだとなんとなく感じた。

強行軍だったけれど、アイラも頑張った。

その理由はひとつしかない。

に帰りたかったからである。

アハトに会って、彼の用事をすぐに済ませて、できれば雪で街道が閉ざされる前に辺境に帰りたかったからである。

辺境に帰る。

帰る、という表現に違和感を覚えないあたり、辺境に馴染んできた証なのだろう。

そうして、最後の休憩で身なりを整え、アイラたちは、王都にあるオルコネン侯爵家の別邸に到着した。

出迎えたアハトは、想像していたよりも早い到着に驚きながらもアイラに言った。

「カルヴィネン侯爵の体調が思わしくないんだ――一目だけでも、会いに行ってくれないだろうか？」

その言葉に、やっぱりという思いと、どうしてという思いがぶつかり合って、アイラの表情は感情と同じく、複雑なものになっていた。

＊

アハトから、カルヴィネン侯爵に会ってほしいと頼まれて、アイラは驚いていた。

アイラがカルヴィネン侯爵の孫というのは本当なのだろう。

しかしルーカスにとっては重要でもなんでもない事実だった。

ただ、ルーカスと別れてからのアイラは、あまり楽しいとは言えない暮らしをしていたようだ。

ルーカスは、アイラが両親と暮らしていると思っていたから会いに行くのも控えていたのだ。手紙を出していたから、いつか会えるだろうと楽観していたのもある。今考えると、両親に託した手紙は本当にアイラに届いていたのだろうか、と疑問を感じる。辺境にいるルーカスからは遠いからと、王都にいる両親が送ってくれるというのを信じていたが、そもそもそこが間違いだったのだ。会いたい、いつ結婚できるか、という内容の手紙だったのでそれ自体はどうでもいいが、それがアイラに届いていれば何かが変わっていたかもしれない、とも考えてしまう。

それでも再会できたのだから運命というのはすごいものだな、と感じた。だがその運命のせいでアイラの身に辛いことばかりが起こったのなら、ルーカスはあの時アイラから離れるべきではなかったのかもしれない。

『父親にやきもちか』

過去、母親にそう言われたことを覚えている。

その時は、やきもちなんかじゃない、と言い返したが、今思うとやきもち以外のなにものでもない。

アイラが、自分以外の男を好きなことが許せなかったのだ。

その時の自分を後悔している。

正直、後悔、などと考えたのは生まれて初めてだった。

しかし今はそんなことを考えている場合ではない。

アイラの人生がまた、他人の手で乱されようとしている。

ルーカスがそれを見過ごすはずがない。

相手が自分の祖父であったとしても、アイラを困らせ悲しませることは許さない。

「そのカルヴィネン侯爵とやらはまだ死なないんだろう？　着いたばかりでアイラは疲れている。休憩が必要だ」

「ルーカス……」

礼節どころか気遣いすらない言葉に目を丸くするアハトに、アイラを守る姿勢を見せつけると、アハトは、軽く息を吐いた。

「すまない。私としたことが焦りすぎてしまっていたな。もちろん、アイラの体調が優先だ。部屋は整えてあるから、まずは休みなさい」

アハトに自分の言い分を通せたことで、アイラにも頷いてやる。

アイラもほっとした様子で、案内された部屋に入り、ベッドに横になった。

普通の貴族の令嬢より体力があるとはいえ、さすがに、騎士団と同じペースで走ったのはまずかったか。

よく体調を崩さずついて来てくれたものだと、ルーカスは安堵すると同時に感心するばかりだった。

よほど疲れていたのだろう。

アイラが目を覚ましたのは翌日になってからだった。

その後、アイラが居間に移動してすぐに、アハトが「カルヴィネン侯爵邸に」と言い出すものだからルーカスは反論した。

「王都に来た一番の理由はそれじゃない」

「……それじゃない？」

アハトは驚き首を傾げるが、アイラも同じようにきょとんとしていた。

そんな顔も可愛くて顔が緩みそうになるが、ここで押し倒すわけにはいかない。

「王への謁見が先だ」

「――えっ？」

驚いて声を上げたのはアイラだが、アハトも充分驚いているようだった。

どうして驚くのか、その反応のほうがルーカスには不思議でならない。

「カルヴィネン侯爵はまだ死んでないだろ。人を平気で振り回す神経の図太い爺さんにはまだ待つように爺様から言っておけ。重要なのは俺の婚姻契約書のほうだ。あれを先にどうにかしたい」

でなければ、事実上はともかく、書類の上でルーカスの妻はアイラではないことになってしまう。

話を聞く限り、ライラ・キルッカという女は、もし出会ったとしてもルーカスが全力で逃げ出したい類の女のようだ。

　顔も見たいとは思わないし、書類上でさえ繋がっていることが許しがたくなってきているのだ。

「そんなことを言って、国王への謁見こそ、すぐのすぐにできることではないだろう」

　アハトが呆れたように言うが、そんなことはルーカスだって知っている。

　ルーカスからは臆病者にしか見えなかったが、あれでも国王には違いない。飾りであっても国にとって必要だし、その飾りのために形式も必要なのだろう。ならばできる限り早くその作業をこなすだけだ。

「昨日到着した時点で、騎士団の者を王宮へ向かわせ、謁見の手続きは済ませてある。問題はない」

「……こういう時だけやる気になりおって」

　アハトは頭を抱えているようだが、ルーカスには関係ない。

　そして隣のアイラにも頷いておいた。

「ドレスも用意してある。昨日、すぐに着られるドレスを探して、この屋敷の者たちに直しを頼んだ。でき上がっているから、あとは着替えれば問題はない」

　何も問題はない。

　そう確信しているのだが、なぜかアイラも深くため息を吐いていた。

準備が整っているというのに、おかしなことだ。

*

王宮に入るのは、アイラにとってはもちろん初めてのことだった。

ルイメールの王宮は崖を利用して建てられているため、とにかく高さがある。一般の者でも身分証さえ見せれば入れる大門があり、その門を潜ると、貴族用の宿泊施設も兼ねた建物が並んでいる。そこを通り過ぎ、急な階段を上っていくと、政(まつりごと)の行われる各役所の施設がある。そこのさらに上が宮廷と呼ばれる貴族が社交を行う場所になっていて、大小たくさんの広間と温泉の熱を利用した巨大な温室などがあり、その上は奥宮(おくのみや)で、王族の居住区域だと教えられた。

ルイメールで一番高い場所に王宮があるために、そこから下を覗くと山裾に大きな街が広がっているのが見渡せる。西側には海が広がり、鉱石や加工した宝石、宝飾品を輸出する貿易港が見え、それを守る海神騎士団の詰所もそこにあった。

貴族は社交のため、宮廷に出向くことが多いが、着飾った紳士淑女が階段をひとつひとつ上っていくわけではない。

王宮の脇を迂回する形で、宮廷まで続く馬車道があるのだ。

かなりうねりの多い道だが、カーブを曲がるたびに城下町を見渡せるのは興奮する。

「わぁ……ルー、見て、すごく広い」

馬車の窓から外の景色を見たアイラは素直に喜ぶが、ルーカスの反応はない。

「……ルー？」

馬車にはふたりきりだった。

アハトも一緒に行くと言ったが、人の結婚を勝手に決める迷惑な国王に会うくらいアハトがいなくても問題ないと、ルーカスがふたりで行くと決めたのだ。

馬車の周りに一応護衛として辺境騎士団の者が付いているけれど、それだって最小限の人数で従卒（じゅうそつ）扱いの者ばかりだ。

アイラは自分の格好を改めて見て、おかしなところはないか、だんだんと緊張し始めた。すばらしい景色で気持ちが少し晴れたものの、この先にいるのは使用人のアイラとはまったく身分の釣り合わない人々で、それどころか、国の最高位、国王に会おうとしているのだから、無理もないだろう。礼儀作法に問題はないとアハトからお墨付きをもらっているとはいえ、不安がないわけではない。

ルーカスはあれほど王都に来ることや人に会うのを嫌がっていたのに、王都に来てからとても積極的だった。すぐに国王に会う手はずを整えた手腕は見事で、出不精で人嫌いな性格を改めたのかと、期待を込めて彼の顔を覗き込む。

だがそこにあったのは、誰かを睨み殺せるくらいに険しい表情だった。

「ル、ルー？」

「……人がいる……人に囲まれる……面倒だ……熊はどこに置いた？　どうして俺は今日黒熊を持ってこなかったんだ……」

大丈夫？　と声をかける前に、低い声でぶつぶつと呟くのが聞こえ、アイラは一瞬で冷静さを取り戻した。

以前の叙爵の儀に着ていたという黒熊の毛皮。結婚の宴会の時にも着ていたあれだ。ルーカス大のお気に入りのようで、どの衣装よりも大事にされている。

やはりあれは顔を隠し人を寄せ付けないための小道具だったのか、と改めて納得しながらも、持ってこなくて良かったとアイラは安堵していた。

今日のルーカスは、騎士団の団長としてではなく、オルコネン侯爵としての格好だった。ブルーグレーのフロックコートには銀糸で細やかな刺繍が施されており、同じ色のスラックスはルーカスの長身をさらに高く見せる効果があるようだ。

厚手のマントは白煙色で、ルーカスの髪の色に合わせて作られた特注品らしい。

その髪はいつものぼさぼさなものではなく、結婚の宴の時のように細かく編み込まれて後ろでひとつに結ばれていた。

つまり、左右対称の整った顔——表情がなければ冷徹な印象を与えるが、非常に人目を引く美しい顔が晒されていた。

この出で立ちであれば、ただ立っているだけで誰もが一目置くだろう。

そのルーカスが、引きこもりたい、いっそ馬車から出たくない、とぶつぶつ言っている。

アイラは自分の不安などちっぽけなものではないかと思えてきて、ルーカスのほうをなんとか立ち直らせねばという気持ちになってきた。

「大丈夫よ、ルー。ちょっと怖い顔をすれば、誰もあなたには近づいてこないと思う」

「……サフィ、本当に？」

「本当よ。黙っていれば、国王だって怖がっちゃうくらい冷徹な人に見えるわ。昔みたいに、子供だからって侮られて囲まれるようなことはもうないと思う。だってルーは、もう大人なんだから。態がなくったって、ルーは周囲を威圧できると思う」

「……そうか？」

「そうよ」

「……そうかぁ、サフィがそう言うなら、そうかもな」

俯きがちだった身体を徐々に起こし、整った顔を上げる頃には憂いが晴れたようににこやかな表情になっていた。

「ええ、あなたは立っているだけで威厳があると思う。その威光で、私も守ってくれるんでしょ？」

「――もちろんだ！　サフィは俺が守るからな！」

安心しろ、と自信を取り戻して胸を張るルーカスが、アイラにはなんとなく可愛らしく思えてきた。

ルーカスが人を嫌うのは、恐らく子供の頃に構い倒されたせいだろう。

少年の頃のルーカスは美少年と呼ぶに相応しく、さらに頭も良かったので、周囲も当然放っておかなかった。

オルコネン侯爵の跡継ぎともなれば――辺境の状況を知らない者からすると――今のうちに捕まえておこうと必死になる大人も多かったはずだ。

きっと、騙されたり脅されたりしたことは一度や二度ではないだろう。その時の恐怖を、ルーカスはまだ引きずっている。

けれど今は騎士団の団長でそれなりに強いらしいし、整った顔は黙っていれば冷ややかに見え、周囲を威圧できるだろう。態なんかで武装しなくても、ルーカスは充分オルコネン侯爵としてその辺の者には負けない存在感を出せるのだ。

ルーカスが元気になって良かったと安心したところで、王宮の最上部、宮廷の入口に馬車が到着したようだ。

予想していた通り、ルイメールの王都は辺境よりも雪が多い。そしてどこよりも高い場所にある宮廷は街中よりも寒かった。

白い息を吐きながら宮廷の中に入って行くと、今度は充分な暖かさを感じた。

暖炉の熱を逃がさないような工夫がされているのかもしれない。空気が宮廷を回るように風の入り方も考えてあるのだろう。

しかし宮廷に入って、最初に気になったのは寒さではなく視線だった。

予想していたことだが、あからさまに感じるほど様々な人の視線が至るところから向けられていた。

　ルーカスも同じように感じているのか、ここから逃げ出したいと思っているような渋い顔をしていた。不安を見せたら周囲の人に付け入られそうだと感じて、アイラはそっとルーカスに寄り添い、手を取った。

「……ルー？」

　心配する視線を向けるだけで、ルーカスは瞬時に、アイラを守らなければという本能が働いたようで、周囲を威嚇するように目を細めて見回す。

　それであからさまな視線は減ったが、注目されているのは確かだ。

　さっさと用事を済ませてしまいたい、とアイラは胸中でため息を吐いた。

　ここは、あまりに自分の望む場所からかけ離れている。長くいたい場所ではない。

　ふたりは早足で宮廷の案内人のもとへ向かった。

「オルコネン侯爵、本日は急な謁見でございますが、陛下は温室でお待ちになっています。私的な集まりがあり、そこで構わなければ、とのお言葉です」

「――案内してくれ」

　冷静なルーカスの声に、案内人は緊張した顔で先導を始めた。

　アイラは中身を知っているからどうということはないが、冷徹なルーカスの顔を見れば、あまり視線を合わせたくないと思うだろう。

　他にも貴族とわかる人々がいたが、決してルーカスに近づこうとはしない。

堂々としたルーカスの隣を歩くと、アイラも安心していられる。

これで人嫌いの引きこもりが治ればいいけれど、とアイラが考えているうちに、温室に着いたようだった。

「こちらの奥へどうぞ。陛下がお待ちです」

温室は、ネバダ山脈の地熱、温水を利用した巨大なドーム型の施設だった。

一年の半分が雪に覆われるような寒いルイメールでも、ここは年中暖かいらしい。

アイラは天井の高いガラスのドームを見上げ、今まで見たことのないような植物で溢れる温室に感嘆の吐息を漏らす。

温室は迷うことのないように道が作られていて、案内人の示した先には、確かにルイメールで最高位にある国王が、取り巻きらしき貴族たちと寛いでいた。

彼らからの視線を受け止めながら、アイラとルーカスは取り巻きがふたつに割れてできた道を進む。国王の十歩ほど手前でルーカスは足を止め、片手を胸に当てて軽く頭を下げた。アイラもその隣で、カーテシーをする。

「陛下、ルーカス・オルコネンです。ご無沙汰しております、と申し上げるには前回の叙爵の儀よりあまり日を重ねてはおりませんが、重ねての拝謁、心より御礼申し上げます」

「――う、うむ！　この初冬の季節、移動は困難であっただろうが、恙なく王都まで来られただろうか」

「はい。なんの問題もなく――しかしながら、帰りの日が迫っております。大変僭越ながらこの場にお邪魔させていただくことになった件について、お聞き届けくださいましたでしょうか」

「ま、まぁ、そのように忙しなくせずとも。めったに社交界に顔を出さないオルコネン侯爵とは縁を深めたいと願う者たちも多い。できればこの機会に――」

「陛下」

ルーカスの声は、低かった。

見上げているのに見下ろしているような印象を与える、という器用なことができるのは、ルイメールにいる貴族の中でもルーカスくらいかもしれない。

アイラは、国王が平静を保っているようでいて、内心は混乱と焦りが渦巻いているのがわかってしまった。

整った顔を持つ人間の真顔の威圧というのは、国王すら圧倒するらしい。

自分の結婚してしまった相手は、本当はとてもすごい人だったのかもしれない。だがその反面、ついさっきまで人に会うのが嫌だと怯えていた姿も忘れられない。

貴族の面々や国王を前にして、一歩も引かない堂々とした態度で言葉を発するルーカスを見て、アイラはまったく不安を感じていないことに気づく。

ルーカスの「守る」という言葉は、お守りのようにアイラに安心感を与えてくれた。

「私の祖父であるアハトより、私の願いは伝わっているものと思っておりますが？」

「う、うむ、それは、そうだが……もしやそちらの女性が、オルコネン侯爵の望む

「……？」

「ご挨拶が遅れました。私の妻であるアイラ・オ、ル、コ、ネ、ンです」

　ルーカスから紹介を受け、アイラはまた深くカーテシーをする。

　妻、という言葉が強調されていたし、すでに自分の名前が変わっている。相手に断りづらくさせる思惑があるのだろう。ルーカスはこんな駆け引きもちゃんとできるのだなぁ、とアイラは感心もしていた。

「そ、そうか。そちらの女性もなかなかの美しさだな。オルコネン侯爵の趣味は良いようだが……しかし私の選んだ令嬢は……」

「陛下」

　ルーカスはまた、国王の言葉を遮るように押し殺したような声を出した。

「まさか、光り輝く宝石の国と称えられるこのルイメールにおいて、最上級のものばかりを目にしておられる陛下が、私の妻のすばらしさがわからないなどとおっしゃるわけではございますまい。未来のルイメールを守るため、妻共々、陛下のため、辺境の地で粉骨砕身努める所存です」

　頭を下げつつも、視線だけを相手に向けてルーカスは言い切った。その鋭い眼光は、確かに国王に届いたようだった。

「そ……そうか、頼むぞ、オルコネン侯爵。頼まれていた変更書類は、すぐに用意させよう」

まだ何かを言いたそうな雰囲気はあったものの、国王は半ば脅し交じりの意見を呑んだ。

ルーカスに怯えて首輪を付けようとしたが、首輪は付いているが手綱は付いていないことを見せつけられ、頷くしかなかったようだ。

「まことにありがとうございます。陛下の広いお心に感謝申し上げます。田舎者があまり長居していては皆様に失礼があるやもしれませんので、これで御前を失礼いたします」

ルーカスがまた教範通りの礼をする横で、アイラも同じように淑女の礼をした。

そして人々の視線を浴びながらも、誰かに何かを言われることもなく、温室を後にした。

＊

「陛下、良かったのですか？」

「良かったもなにもねーじゃん!?」

ルーカスたちが去ってから、国王のそばに控えていた大臣のひとりが問いかけると、顔を青くしたままの国王は言葉を飾ることなく言い返した。

国王の私的な集まりだったので、この温室にいるのは国王の相談役である臣下と、その奥方ばかりだ。皆、国王が小心者であることを知っている。

昨日、ルーカスより謁見の申請があり、絶対に断りたかった国王だが、それは許されず、そして懐柔策をある程度考えていたにもかかわらず、それらは何ひとつとして言葉にならなかった。

ルーカスの願いは、王命とは別の女性と結婚したから婚姻契約書の修正をしてほしいというものだった。

しかし一度下した王命だ。簡単に相手の都合で覆されては、国王の立場がない。美しいと評判のライラ・キルッカ男爵令嬢の、一体何が不満なのだと言いたかったのに、ルーカスの隣に立つ女性はライラに劣らないほど美しかったし、国王を前にして畏まってはいたが怯えはなかった。

それに対抗するだけの強さを国王は持ち合わせていない。

「見たか!? あの顔! あの態度! 熊を被ってないのにあの鋭さ! なんなのアレ、もう恐怖しかないいんだけど!」

「しかしいくら辺境の守りとはいえ、オルコネン侯爵だけに勝手を許しては……」

ひとりの大臣の言葉に、国王は青い顔から赤い顔になってじとりと睨み付ける。

「鎖に繋がれていない狂犬がケツを叩かれてこっちに向かって来たらお前相手できんの? 俺を助けられんの? アレが俺の喉元に噛み付く前に防げんの?」

国王の問いに答えられるものは、政を担う面々の中にも、ひとりとしていなかった。

しかし、これはこれで良かったのかもしれないと国王も息を吐く。

こちらの用意した首輪は付けられなかったが、彼には別の首輪が付いている。辺境の領地から勝手に動くつもりはないと言っているのもわかった。ここでヘタにごねて反乱を起こされるよりは格段にましだ。

「もう二度と、アレには関わりたくない……おい、アレの言う婚姻契約書、すぐに作り直せ！　大至急！　超特急！」

「——は」

この王命に逆らう者は誰もいなかった。

＊

終わってみればあっけないものだった。アイラは、来た道を辿って宮廷の出入口に向かいながら深く息を吐いた。

会う前までは、一生会うこともないと思っていた上流貴族たちや国王との面会に、緊張するだろうと考えていたのに、ルーカスが隣にいるとアイラはなんの不安もなかった。

それもこれも、厳しい表情を緩めず、押し切ったルーカスのおかげだ。

アイラはエスコートしてくれるルーカスの腕をきゅっと摑み、

「ルー、お疲れ様」

と小さな声で囁いた。

ルーカスは、視線をアイラに向けて険しい顔を少し緩める。

「ちゃんとしていると、誰も近づいてこないでしょう？」

態なんかに隠れなくても、大人になったルーカスに簡単に近づける人など多くはないのだ。

それをルーカスに理解してもらえただけで、王宮に来たかいがあったようにも思う。

「――ああ、サフィの言う通りだ。すごいなサフィは」

小さな声でルーカスがアイラに感謝した、その時だった。

突然現れた小さな人影にふたりは足を止められた。

「――ねぇ？　あんたアレよね？」

そう言って前を塞いだのは、キルッカ男爵令嬢ライラだ。

金色の髪をなびかせ、緋色のドレスに身を包んだアイラの従妹である彼女は、今日も美しかった。

しかしアイラを見る目つきは鋭い。人の進行を塞ぐという態度も、貴族の令嬢としては礼節を欠いたものである。

「じゃあこちらが――ルーカス・オルコネン侯爵？」

アイラに問いながらも、返事を待たずに視線をルーカスに動かしたライラは、彼を見るなり目を輝かせた。

黙って微笑むと儚げな令嬢にしか見えないライラだ。外見の美しさを保つため、アイラも使用人時代に手を尽くしていた。

しかし、今になってルーカスの前に現れるその意味を考えて、知らずアイラの眉根が寄る。

「アレったらひどいわ！　この方がルーカス様なら、どうしてもっと早くに連絡をくれないの？　私を除け者にしてそんなに楽しい？」

「──あの」

上機嫌でルーカスに笑みを見せるライラに、アイラはなんと言ったものかと戸惑ってしまう。だがアイラが口を開く前に、ライラは早口で捲し立てる。

「使用人でありながら侯爵夫人を夢見るなんて、その気持ちはわからないでもないけれど、でも身分というものがあるでしょ。私のルーカス様を奪おうなんて、百年早いのよ。体調が悪くなった私の代わりにオルコネン侯爵領を視察しておいてほしいと言ったのに、まったく連絡もなくて。私のルーカス様を騙して奪おうなんて、使用人のくせに図々しいと思わない？」

なるほど、街道にアイラを捨てた理由はそう変換されるのか。ある意味すごいとアイラが感心してしまっていると、ルーカスの怪訝な目がアイラに向けられた。

「──サフィ、これは？」

「彼女が──」

「ライラ・キルッカですわ、ルーカス様！　私があなた様の本当の花嫁です！　このたびはうちの使用人があなた様を騙していた件につきまして、キルッカ男爵家の者として心よりお詫び申し上げます。コレに騙されてしまったルーカス様が本当にお可哀想！」

ライラは綺麗な顔に憂いを見せてルーカスに近づき、いかにアイラがあくどい女で、自分がどれだけ心配していたか、そして花嫁の座を奪われた自分がどれほど憐れで、辛い思いをしているかということを延々と話し続けた。

ライラがここに現れたのは、ルーカスが王都に来たことを聞き付け、そしてその容姿が噂されている熊とか獣侯爵とかとはほど遠いと耳にしたからだろう。

そして慌てて宮廷に来て、周囲の目のある前でアイラを糾弾して悪者にしようと目論んでいる。

よくもそんなに自分に都合の良い話を考えられるものだと、アイラは半ば呆れてライラの小芝居を見ていたのだが、その途中でとうとうルーカスが不快を顔に出したまま声を上げた。

「お前がライラ・キルッカ？」

「はい、ルーカス様！　陛下の命により、オルコネン侯爵家に嫁ぐことになったのは私ですわ」

「こいつの言葉が理解できないのは、俺の頭が悪くなったからか？」

ルーカスはライラの言葉を無視してアイラに問いかける。

アイラは、はっきりとライラを拒絶しているルーカスに少し安堵していた。

ライラが美しい女性というのは変わらない。彼女の美貌に惑わされる男性は掃いて捨てるほどいるらしい。ルーカスが容姿で人を判断するとは思っていないが、もしかして、という気持ちはまったくないわけではない。

ライラを前にしても彼女を無視するルーカスに、アイラはゆるゆると首を振った。

「いいえ、ルー。彼女のほうが、ちょっとおかしいの」

そのアイラの声は、ちゃんとライラに届いたようだった。

「な、なんですって!?　アレ！　使用人のくせに私に対してそんな態度、許されると思っているの？　そもそも、使用人がそんなドレスを着たって似合わないわ！　ルーカス様を騙して私から侯爵家の妻の座を奪うなんて、雇ってあげた恩も忘れてなんて恐ろしい女なの!?」

「その、お前が言っているアレとは、もしかして――サフィのことか？」

真正面から捲し立てるライラに、ルーカスが声を上げて止める。

ライラはルーカスの言うサフィという呼び名が誰かわからなかったようだが、アイラに対して吊り上げていた眦を下げ、微笑んで答えた。

「ルーカス様、この使用人はアレとかソレとかと呼んでいますの。〝アイラ〟などと男爵家の令嬢である私の名前に似せるなんて、失礼にもほどがあるでしょう？　ただ、呼ぶ時に不便ですから、アレやソレと」

「サフィはアレなどという名前ではない。そもそも、お前が俺の妻などと。妄言にもほどがある」

ルーカスはライラの言葉と態度を一刀両断するかのように冷ややかな声で切り捨てた。

「俺の妻はサフィ――アイラ・ラコマーであり、今はオルコネン侯爵夫人だ。今しがた陛下に謁見し、勝手な王命による婚姻の変更を願い出て許可されたところだ。よって俺はお前との関わりなど一切ないし、この先サフィに声をかけることも視界に入ることも許さん」

「……えっ、でも、私との結婚は……」

きっぱりとルーカスが言い放ったにもかかわらず、ライラは理解しきれなかったのか動揺を見せながらも縋りつこうとしていた。

「俺がお前と結婚するなど、天地がひっくり返ってもないな」

ルーカスがとどめのように言うが、ライラはまだ納得していないようだった。

いつまでも構っていられないと思ったのか、ルーカスはアイラを促しその場から立ち去ろうとする。と、背中にライラの声がぶつけられた。

「アレ！　あんたルーカス様を騙して私の将来を奪うなんて……ひどいと思わないの⁉」

アイラもその声に応えることはなく、ルーカスとふたり、待っていた馬車に乗るまで無言で歩き続けた。

「あれがライラ・キルッカ？　血縁上でのサフィの従妹？」

「――そう、なるわ、ね」

馬車に乗るなり、ルーカスが眉根を寄せて確かめるように問うてきた。アイラは頷くしかない。

「あれはあんな態度や言葉遣いで、社交界でやっていけるのか？　俺に対して失礼なことを言っているのにも気づいていないようだったが……」

アイラとしては、ルーカスには言われたくないだろうと思いながらも、その通りだと同じことを思っていた。

正直なところ、彼女のまずさはわかっていた。けれど、ライラや男爵家の人たちの考えを正そうとしたことはなかった。

与えられた仕事をするだけで満足していたし、わがままがとどまるところを知らないライラが将来どうなろうとも、アイラには関係ないと思っていたからでもある。

「サフィは言い返さなくて良かったのか？　あんなひどい侮蔑の言葉を叫ばれて、今剣を持っていてあれが女でなかったら、切り捨てていたところだ——いや、女であっても切り刻んだほうがいいか？」

怖いことをあっさりと言うルーカスに、アイラは首を横に振った。

「彼女のことは、もう放っておくのが一番だと思うから。あの場所——さっき、周囲にもたくさんの貴族や使用人たちがいたでしょう？」

「ああ、そうだな」

「彼らがライラをどう思うか、どうするか——あんな態度を人前で取った結果は、自分に全部返って来るはずだもの」

わがままで、あまり頭の良くない従妹だと思っていたが、人前であんな醜態を晒すなんて。そこまでは予想していなかった。アイラは屋敷の中だけしか知らなかったから、外ではうまく猫を被っているのだと思っていたのに。ルーカスの容姿を知って本当に慌てて姿を見せたとしか思えない。

ライラを助けようと思う気持ちは、何年も虐げられてこき使われてきたアイラにはまったくない。

それでも、あの場で言い返さなかったのは、少しばかりの謝意を示したかったからだ。

「ライラには、少し感謝しているから――」

「あの女に？　何を？」

「あの日、あの街道で私を捨てなければ、私はここにはいなかっただろうから」

自分の身代わりにと、アイラを差し出さなければ、ルーカスと一緒になる未来はなかった。

そう思うと、ありがとうくらいは言っても良かったのかもしれないが、それもまたライラを怒らせることになるのだろう。

それに、執念深いライラが、このままアイラを放っておくなどと楽観はできず、アイラはオルコネン侯爵家の別邸に戻りながら、深くため息を吐いた。

5章

ライラのことは少し気がかりだったが、王都に来た理由のひとつでもあるカルヴィネン侯爵への面会を果たさなくてはならない。けれど、翌日になってもそれは叶わなかった。

アハトによると、今は人に会えるような状態ではないとのことだった。

「そんなに悪くなっているんですか？」

「いや、ここ数日、アイラに会えると思い、はりきって用意をしていたそうで、その疲れが出たようだ。もう数日休めば回復するだろう」

その答えに、アイラはなんとも言えない気持ちになった。

体調が良くないのにアイラに会いたいと言って、用意にはりきりまた寝込む。

子供のようだ、と思ったが口にはしない。

「愚かな老人だな」

しかし気遣いなどまったくしないのがルーカスだ。

アハトも諫めるような視線を向けたものの、今更言っても無駄だと思ったのか、小さくため息を吐いて聞き流していた。

「では時間が空いたな。サフィ、何がしたい？」

「え、何、と言われても……？」

そんな質問に、アイラは答えを持っていない。

そもそも、両親がいなくなってから、休みの日などなかったのだ。

祖父のカルヴィネン侯爵に引き取られた時は、寝ても覚めても貴族としての振る舞いを使用人たちに叩き込まれていたし、そこから抜け出して移ったキルッカ男爵家では、休日も給金もない使用人として働いていた。だから、使用人としてなら、やることはいくらでも見つけられる。

そもそも休みの日などなくても平気だ。

そんなアイラに、何がしたい、と聞かれても、頭が真っ白になるだけだった。

アイラが本当に困惑しているのがわかったのだろう。ルーカスも眉根を寄せて、思案顔になる。

「何をするか……何ができるか？」

「ではお茶の用意を」

「それはこの別邸の使用人の仕事だ」

いつもの癖で、アイラはソファから腰を上げようとしたのだが、向かいに座るアハトに止められる。ちょうどお仕着せ姿の女性が入ってきて、丁寧な所作でアハトとルーカス、そしてアイラにお茶を出してくれた。

綺麗な焼き菓子まで付いている。

アハトとルーカスは、それらに当然のように手を付けたが、アイラは戸惑った。

「え、ええと、では昼食の用意を……」

窺うように、アハトと後ろに控えているこの別邸の家令を見るが、首を横に振られた。

「それも、料理人がちゃんといる。他の貴族との付き合いもあるから、王都のこの屋敷は領地の屋敷よりも使用人が充実しているんだよ、アイラ」

「そんな……で、ではお掃除も？」

アイラから縋るような視線を向けられた家令が困った顔をしている。

アイラの元々の境遇は知っているようだが、侯爵家の人間がアイラを侯爵夫人として扱っているのだ。そんなアイラを使用人のように扱うことなどできるはずがない。

だから、恐らくここでは領地の屋敷と同じように働くことは許されないのだろう。

「何か、他に私にできることは……」

アハトは返答に窮して唸り、家令も申し訳なさそうに言った。

「恐れながら……奥様に使用人の真似事をされては、我々が怠けていると思われてしまいます。もしくは、あそこの屋敷の使用人は仕事ができないと噂されるやも……」

「そんなこと……」

ない、と言いたかったが、ここは辺境とは違い、他の貴族の屋敷が近い。確かに多くの人の目に晒されやすいだろう。アイラが使用人の仕事をしていたら変な噂になるに違いない。そして使用人の心得を理解しているからこそ、この家令の言いたいこともわかってしまう。

　とはいえ、アイラは自分が「奥様」と呼ばれることにまだ違和感があったし、何もしないでいると落ち着かず不安になる。自分は必要のない存在なのではないかと思ってしまうのだ。

　アイラはしょんぼりと肩を落とした。

「そ、そういえば、今、大劇場でやっているオペラが大人気らしいぞ。演者がいいと評判だ」

「では見に行こう、サフィ」

「――えっ」

　アハトも、アイラに仕事を忘れさせるものが何かないかと、考えてくれたのだろう。思い出したように提案してくれて、ルーカスがすぐそれに乗った。

　ルーカスも自分なりに考えていたようだが、答えなど出なかったのだろう。

　何しろ領地にいた頃も引きこもっていたくらいだ。王都にだって来たくないとあれほど駄々を捏ねていたのだから、屋敷の外の娯楽を知っているはずがない。

「すぐに行こう！」

「お待ちくださいルーカス様。お出かけになるなら奥様のご用意を」

「――えっ」

今すぐ飛び出しそうなルーカスを家令が止める。だが驚いたのはアイラのほうだ。

今日はカルヴィネン侯爵家に行く予定だったから、使用人たちにきちんとしたドレスを着せられていた。このままでも問題はないはずだ、と思うが、家令はゆるりと首を振った。

「その色はお見舞いのために選んだものでございます。劇場へお出かけになるのなら、もっと華やかなものになさいませんと」

「それは――……」

その通りだ。

キルッカ男爵家でライラの世話をしていた時なら、アイラも当然そうしただろう。ライラも、劇場などに行く時は、たくさんのドレスの中から気に入るものを何時間もかけて選んでいた。

アイラの今の立場は侯爵夫人だ。

これまでのように、お仕着せだけで済むはずがない。つまり、時と場所によってきちんと衣装を変えなければならない立場になった。正直、目の前が暗くなる。

そんなことをするくらいなら出かけたくないという思いが頭を過ったものの、では部屋の中でじっとしているのかと言われても困る。

アイラは仕方なく、大勢の使用人たちに囲まれ、また違うドレスに着替えさせられて、彼女たちの満足する姿でルーカスと出かけることになった。

「そうか……もっとドレスがいるんだな」

アイラの新しい衣装を見て、ルーカスが気づいた。気づいてしまった。

確かに、しばらく王都にいるなら、今あるドレスでは足りないだろう。

アイラは今になって、大変なことになったと実感した。とても口には出せないが、なかったことにならないかなぁ、ともこっそり考えてしまう。

一方のルーカスは、人前に出るというのに熊を被りたいとも言い出さず、平然とアイラをエスコートしてくれる。

どうやら、宮廷での一件を経て、隠れなくても大丈夫だという自信を付けてしまったようだ。なんとなく、アイラだけ取り残された気がして少し悔しい。

もちろんアイラは劇場に行くのは初めてで、オペラを見るのも初めてだったが、幕間の休憩時間はもちろん、上演中も様々な人たちの視線を感じ、ちゃんとした侯爵夫人を演じるのに必死で楽しむどころではなかった。

移動する時も、歩く姿すら見張られているようで、少しも気を抜くことができない。

オペラの後は、ルーカスと共に仕立て屋に向かい、アイラの新しいドレスを注文することになった。

寸法を採られ、生地を選び、どれが似合うかなどを考える。

使用人として主人のために考えることはできても、自分のために考えることは初めてで、まるで頭が働かない。とりあえず仕立て屋の言葉に従うことしかできなかった。

しかしルーカスはアイラのためにと思っているのか、勧められるものをなんでも買ってしまおうとする。止めようにも、侯爵夫人には当然必要だと言われると拒否できなくなる。そのうちに購入が決まってしまうのだ。

そんなふうに、一日、変に気を遣いすぎて、体力に自信のあったアイラもへとへとになってしまった。その夜、ベッドでルーカスに組み敷かれた時も、当然相手をする気力は残っていなかった。

今日のようなことを毎日しているなんて、貴族のご婦人方の体力はすごいのだな……と、心から賛辞を送りたくなる。

「サフィ……」

「…………」

アイラが拒絶しても、ルーカスは嫌な顔ひとつすることなく、ただベッドに横になった。そんな優しさを見せるルーカスに、アイラはほっと胸をなでおろしながらも申し訳なさも感じていた。

オペラを観た翌日も、カルヴィネン侯爵は回復していないようだった。

また同じ一日を繰り返すのかと思っただけで、アイラは疲れてしまう。

しかしルーカスはなぜか元気いっぱいのようだ。今日はどうしたらいいだろう、と悩んでいると、アハトがルーカスに仕事を言い渡した。

「アイラには申し訳ないが、王都にいる間に済ませておきたい仕事がある。ルーカスにも覚えてもらわねばならんから、お前も一緒にやるぞ」

「俺はサフィと……」

「早く終わればその分アイラといられる時間が増えるだろう」

　子供の様に駄々を捏ねそうなルーカスだったが、彼の扱いに慣れているアハトに連れて行かれ、アイラはひとりで部屋に残された。

　この別邸の使用人たちは、皆、動きが洗練されていて無駄がない。アイラも感心するばかりだが、そのためにアイラのすることはなくなってしまう。

　家令から「お庭の散策や刺繍などいかがでしょう」と提案されるが、塀に囲まれた庭であっても人の目が気になって落ち着かないし、刺繍も仕事でしかしたことがなく、何かに使うといった目的がないと苦痛になってしまう。

　結局、部屋で時間が経つのをぼんやりと待ってしまい、動かないせいでお腹も空いていない。お茶も何杯飲んだだろう。

　アイラは自分の使ったカップを見て、片付けくらいなら、と誰もいない部屋でワゴンに茶器やポットをのせて、そっと部屋を出た。

　だが、調理場へそのまま向かおうとして、廊下の角のほうから聞こえてきた声に思わず足を止める。

「――えっ、あの奥様って、元々使用人だったの？」

この屋敷にはメイドもたくさんいるから、誰かはわからないがアイラの世話をしてくれているひとりだろう。

「そうよ、あなた知らなかったの？」

「でも、カルヴィネン侯爵家の血筋の方だって……？」

「だけど使用人の暮らしをしていたんですって。どういう経緯かわからないけど、侯爵夫人になれるなんて、いったいどんな方法を使ったのかしら」

「本当、いい御身分になったのねぇ……」

「羨（うらや）ましいわ」

談笑している彼女らに、アイラは全力で「代わってあげたい」と言いたかった。

そもそも、侯爵夫人になりたかったわけではないのだ。

ルーカスの求婚は嬉しくて受け入れたが、侯爵夫人になることには今でも納得できないでいた。ルーカスが侯爵なのだから、侯爵夫人になるのは当然だと理解している。正妻が嫌だからといっても愛人になる道はできれば考えたくない。自分がわがままを言っているのだと自覚はあったが、現実を考えると、どれだけ辺境が自由だったかを思い知らされた。

なってみたらわかる。貴族という立場が、どんなに面倒で大変かということを。

「昨日、ルーカス様とお出かけになったみたいだけど、なんだか慣れていらっしゃらないのがよくわかるって」

「あー、誰か言ってたわね。オルコネン侯爵家の名に傷が付くから、ちゃんとしてもらいたいものだわ」

「そうよね、使用人だったからって、今は侯爵夫人なんだし……」

「いいわねぇ、侯爵夫人……」

「でも、ちゃんとルーカス様のお役に立つのかしら、妻として」

「それ、大事よね！」

妻として。

アイラはその言葉が耳に残り、ぼんやりしたままその場から離れ、部屋に戻った。

妻——妻としての役目。

確かに、アイラはなし崩し的にとはいえ侯爵夫人になったのだ。経緯がどうあれ、アイラだって受け入れたのだから、それならば、与えられた役割をこなすべきだ。

そしてここは、自由にしていいと言われていた辺境とは違う。

ルーカスも侯爵としての仕事を頑張っているし、引きこもり癖だって克服している。

ならばアイラはどうだろう。

侯爵夫人として、妻として、何ができるのか。

貴族としての振る舞いは昔叩き込まれたが、今はうまくできているだろうか。

貴族を見慣れた使用人たちからすると、アイラの動きはぎこちないもののようだ。オルコネン侯爵家の女主人として、ルーカスの妻として、認めてもらえるのか。

アイラの思考は考えれば考えるだけ、昏いところに落ちていくようだった。

「何が……私にできるの？」

考えても、答えが見つからなくて、何をしても悪い結果にしかならない気がして、ソファから立ち上がることすら怖くなった。

日が暮れるまでひとりそのままでいたが、ふいに、ひとつできることがあると気づいた。

あれなら――あれは、絶対に妻の仕事だし、他の人にも見られないから、びくびくすることもない。あれならできるかもしれない。

ひとりで勝手に焦っていたアイラは、その夜すぐに行動に移すことにした。

＊

早くアイラのもとに戻りたかったのに、ルーカスが部屋に戻ったのは夜も遅くになってからだった。

「サフィ、遅くなった……」

部屋の扉を開けると、待ち構えていたかのように、アイラが扉のすぐそばに立っていた。

遅くなったことを怒っているのかと思えばそのまま寝室のベッドに連れて行かれ、押し倒される。

アイラの力でルーカスを動かすなど本当なら難しいところだが、彼女の表情がどこか思いつめているように見えて、ルーカスは腕を引かれるままついて行ったのだ。

だが、ベッドに転がったところで、目を瞠る。

アイラが、そのまま上にのしかかって来たからだ。

「サ、サフィ？」

「じっとしていて、ルー」

アイラはルーカスの逞しい腰を跨ぎ、シャツの釦に手をかけている。ベルトまで緩めてシャツを開き、胸元を晒したところでアイラは上体を傾けてきた。

「私の、仕事をしなくちゃ……」

アイラの手はルーカスの肌を探るように動き、胸の真ん中にある乳首に狙いをさだめたのか、そこに顔を寄せて舌で舐めた。

「………！」

驚いた。

アイラが子猫のようにそこを吸って舐めているのだ。

しかし悲しいかな、くすぐったいだけで気持ちいいかと言われるとなんとも言えない。

だが、アイラがルーカスを襲っているという事実に興奮してしまう。

「さ、サフィ……！」

「……良くないの？」

正直なところルーカスがアイラに同じことをすれば、震えながら反応してくれるだろう。

アイラもそう思っていたのか、ルーカスが反応しないまま戸惑っているのを見て、次の行動に移る。

脚のほうに移動し、ルーカスのトラウザーズの前を開いてしまったのだ。

まったく躊躇わないアイラを見て、ルーカスは、何かおかしいと気づいた。

身体を重ねることにまだ恥じらいを持っているアイラは、ルーカスのすることを受け入れるので精いっぱいのはずだった。アイラから何かをするということはまずない。

「サフィ、どうした」

困惑したまま声をかけても、アイラはルーカスの顔を見ることなく、そこだけをじっと見つめている。

「じっとしていて、ルー」

「――――っ」

もう一度同じことを言ったアイラの手が下着ごとそこを摑むと、さすがに反応する。

それに満足したのか、下着をずらして陰茎を取り出し、両手で持って強く上下させ始めた。

「う……っ」

性器がすぐに硬度を増して、ルーカスは息を詰める。

アイラがいつもと違うとわかっていながら、抑えきれない。

アイラにされているのだ。反応しないわけがない。

はち切れんばかりに屹立させると、アイラは今度は身体をずらして腰のあたりに移動する。そしてスカートの中に陰茎を隠してしまう。

それは、自分の目でしっかりと見ていても信じがたい光景だった。

流されるべきではないと思いながらも、この先を期待して喉を鳴らすのを我慢できない。

アイラは下着を身に着けていなかったのか、すぐに屹立したものを秘所へ宛てがった。

ふに、と亀頭がそこに触れたのがわかったが、座り込むようにして強引にそれを挿れようとしたアイラの顔がすぐに歪む。

「……っん、いっ！」

痛いのだろう。

当然だ。

準備もしていないのに挿(はい)るはずがない。

こういったことには手順があるのだと、ルーカスは本で調べ尽くして知っていた。

アイラ以外の誰かとするつもりはなかったが、屋敷の蔵書の中には閨事の手引書もあって、蔵書のすべてを読み切っていたルーカスはその本の情報を大いに活用した。

実際にアイラを抱いた時には、本とは違うと思ったこともあったが、アイラが気持ちいいと思うことはすべてやったつもりだ。

幸いにもアイラはルーカスを受け入れてくれている。

今もなぜか積極的だ。

しかしどこか見当違いなことで頭をいっぱいにしている気がする。

アイラが顔を顰めながらも力ずくで押し進めようとしたところで、ルーカスは声を張った。

「サフィ!!」

自分を見てほしくて、正気に戻ってほしくて、ルーカスはアイラの二の腕を摑み身体を揺さぶった。

「どうしたんだ、いったい。落ち着け！」

身体を起こして顔を覗き込むと、ルーカスの大好きな蒼い目が濁っていて、じわりと滲み始める。

「……は、はい、らない、の」

「そうだろう、こんな状態で挿るはずがない」

「でも……でも、私の、妻の仕事は、これしか」

「仕事？」

「妻の仕事は、私にできることは、もうこれしかない……」

声に力がなかった。

アイラのそんな弱々しい声は初めてで、ルーカスも狼狽えてしまう。

何を思い悩んでいるのか、ルーカスにはさっぱりわからなかったが、ルーカスはアイラしか欲しくない。

アイラだけしか見ていない。

アイラが幸せでいることが、楽しそうに笑ってくれることが一番で、結婚したことで侯爵夫人となったとしても、アイラがしたいことを、好きなことを止めてなどほしくない。

「サフィ」

「ルーの奥さんなのに、何もできることがない、奥さんでいられなくなる……」

「そんなはずがないだろう！」

まだどこかぼんやりとしたまま呟くアイラを思わず怒鳴りつけた。

いったいどうして、そんなことを考えるのか。

これほどまでにアイラのことを想っているのに、どうしてそんな考えになるのか。

ルーカスにはアイラだけだ。

アイラだけがルーカスの原動力だ。

人が嫌いで、女も嫌いで、誰にも会いたくなくて怯えていたルーカスを勇気づけてくれたのはアイラだ。

アイラの言葉は、他の誰のものより信じられる。彼女の言う通りにしてみると、ルーカスは黒熊の毛皮がなくても人を怖くないと思った。

顔を隠さなくたって、誰に見られていたって、アイラがそばにいればなんだってできる気がした。

アイラのためなら、どんなことでもしてみせる。

こんなふうにルーカスを強くしてくれたのはアイラなのだ。

「こんなことをしなくても、サフィは俺の妻だ。サフィとしか結婚したくないんだから、サフィ以外が俺の妻になることはないし、無理にしなくても妻のままだ。いてもらわなければ困る」

「………ルー」

アイラの蒼い目から、ぽたぽたと、後から後から涙が零れ落ちてゆく。

仄暗い感情が透明な滴(しずく)で洗われるように、正気を取り戻した視線がちゃんとルーカスに向けられる。

ルーカスは指の腹で涙を拭(ぬぐ)ってやりながら、蒼白な顔を覗き込んだ。

「誰かに何か言われたのか？　いったいどうしてこんなことを――」

「だって、私の、仕事が、ない……」

「え？」

ルーカスが問うと、アイラは涙を流しながら呟いた。

「ルーの役に立てない。何もできないと、私がいる意味がない――私は、人形じゃない」

アイラの最後の声に、ルーカスはアイラが何に怯えているのかを理解した。

腕に抱き寄せ、壊さないようにギリギリまで強く抱きしめて、その耳に届くようにはっきりと強い声で言う。

「サフィは人形なんかじゃない。俺の妻だ。綺麗で可愛い、俺の妻だ。人のために働くのが好きな、俺の妻だ」

「……ルー」

「誰に何を言われたのか知らないが、サフィを縛ることなんて誰にもできない。やりたいことを我慢する必要なんてない。オルコネン侯爵夫人は、サフィだ。辺境だろうと別邸だろうと、おかしいと言われようと、やりたいことをすればいい。それで、サフィの居場所がなくなることなんてない」

アイラが泣いている。

ルーカスの剝き出しになった胸元に、ぽたぽたと滴が落ちるのを感じた。

子供のような泣き顔に心が苦しくなるが、さっきまでのように昏い瞳で思いつめているよりはましだ。

「……ルー」

アイラの手が、ルーカスの背に回った。

顔を押し付けて、強くルーカスに縋るように抱きついてくる。

ルーカスはそれを黙って受け入れた。

アイラの気が済むまで泣かせてやろうと思いながら、アイラの温もりを腕の中で確かめる。

アイラに余計なことを言った者を探し出すと、密かに心に決めた。

アイラは優しい。

誰かに頼まれたり請われたりしたら、受け入れて相手の望むようにしてあげようとする。

その気持ちを利用して、アイラの嫌がることをする奴は、たとえ国王であっても許さない。粛清してやる。

もちろん、彼女の祖父だというカルヴィネン侯爵であってもだ。

ルーカスは泣きじゃくるアイラを受け止めながら、そう決めた。

「……すっきりしたか？」

すすり泣く声が小さくなった頃にルーカスが確かめると、アイラは小さく頷いた。

顔を覗き込むと、目元は赤くなっているが確かに涙は止まったようだ。

眦にキスを落とすと、アイラは思わず目を閉じた。

「じゃあサフィ、やり方を教えよう」

「――え？」

ルーカスの提案に、アイラはびっくりしたように赤くなった目を見開いた。

そんな顔も可愛くて、ルーカスは笑いながらも、逃がさないぞと手に力を入れる。

「そんなに上にのりたかったのなら早く言ってくれ。こんな甘い濡らしようじゃ俺のは挿(はい)らないから、まずはサフィをぐずぐずに濡らすところから――」

「え――あの、それは、ちょっと……」

ルーカスがにやりと笑うと、正気に戻ったアイラは、視線をうろうろと彷徨わせる。

自分のしようとしていたことが、今更恥ずかしくなったようだ。

だがルーカスとしては、恥じらうアイラもいいが、積極的なアイラもよかった。

ただ、やり方がなっていない。

それを教えるのは、やはり夫の役目だろう。

「も、もうあの、私はその、すっきりしたから、これで——」

「俺はすっきりしてない。中途半端に煽られて寸止めなんて、一番ひどい。大丈夫、正しい騎乗位をしよう」

「や、あの、ルー、やっぱりその——ん！」

アイラの抗議——というよりも言い訳に近い言葉は、ルーカスの口の中に消えた。

ルーカスは、先ほどしたようにドレスを脱がせて胸に手を這わせ、尖った先端を口に含んで、アイラの反応を引き出した。

「あ、んっ」

陰茎を握られなくても、この声だけでルーカスは勃ってしまう。

乳首を吸いながら、口いっぱいに乳房を含むと、これ以上ない美味いものを食べている気分になる。

夢中になりすぎて噛み千切ることが怖くて、ルーカスは乳首から口を離し、丹念にアイラの肌の上に舌を這わせた。

濡れた胸の先を指先でクルクルと回すように弄ると、アイラはさっきとは違う理由ですすり泣きを始める。声もない喘ぎに、ルーカスはもっと、もっとと欲求を深めた。

スカートの中に手を入れると、やはりドロワーズはなかった。

ルーカスを跨いだ素足を撫で上げ、開いた秘所に指を這わせる。

「ん、んっ」

濡れていない襞の一枚一枚をそっと撫でて、陰唇を探る。

「あ……っん」

ルーカスの腕の中で、耐えきれずに震え始めたアイラを貪りたくて、スカートの中で片手を動かしながら、後ろ頭に腕を回して唇を奪った。

触れて、重ねるだけではもう物足りない。

アイラのすべてを奪いたいという欲求を我慢できず、舌をめいっぱいのばして口腔を犯した。

激しくキスをしながら、指も大胆に動かして秘所を弄る。すぐに指にぬめりを感じて、ルーカスはアイラの口を塞ぎながら口角を上げた。

「んっ、ふ、ぁ、ん！」

唇を密着させているせいでうまく喘ぐこともできず、苦しそうなアイラのためにようやく口を解放する。

また涙目になったアイラが、ルーカスのシャツを握りしめながら視線を向けていた。

睨んでいるようだが、誘っているようにしか見えない可愛らしさだ。

「……ほら、こうしたら濡れるだろう」

「……っん」

くちゅ、とわざと音を立てて指を膣に差し入れると、アイラは肩を震わせて目を細める。

ああ、可愛い。

もっとやりたい。

やり尽くしたい。

ぐちゃぐちゃにしてしまいたい。

ルーカスの愛撫に震えるアイラを見ると、アイラを壊したい欲求に駆られる。

壊したいわけではないが、めちゃくちゃに犯したくなる。

「サフィ」

「あ、ん、ん、んっ」

ほぐれた膣に指を入れ、一本、二本と増やして掻き回すように動かした。アイラの弱いところはもう全部知っている。イきそうなのがわかると、今度は自分の手で性器を宛てがう。準備はとっくにできていた。

「あ……っ」

陰茎の先が、ぬるりと陰唇を擦った。

アイラが挿れようとした時とははっきりと違う。

それがアイラにもわかったのだろう。

頬を染めて、恥ずかしさを堪えるような目でルーカスを見つめてくる。

「こうしないと、挿らないんだ」

「あ、あ……っ」

スカートの裾を捲り、アイラの腰を直接摑んで自分の屹立に下ろすように調整する。

ゆっくりと、ルーカスの形がわかるように少しずつ挿入する。

「んん……っ」

アイラはルーカスに縋るように肩口に顔を埋め、首に手を回した。最後まで、隙間なく収めて繫がると、アイラは深く息を吐き、何かを耐えるように震えた。

「……サフィ、ちょっと我慢ができなくなった」

繫がっているのは一部だけのはずなのに、全身でアイラを感じている気がする。

ルーカスは強い高揚感に包まれて、もっと自由に動きたいと、アイラを抱きかかえるようにしてベッドに膝をついた。

「ん……っあ！」

アイラを落とさないようにしながら、柔らかなベッドの上で突き上げる。その反動で逃げそうになるアイラを抱きしめ、揺さぶった。少しも離れたくない。

ルーカスは何かに煽られるように、強く激しく、アイラを穿った。

「あ、あ、あぁっ」

逃げられないとわかっているのか、アイラも必死でしがみ付いてくるのが堪らなかった。

昨日できなかった分もあるのだろう、ルーカスはすぐに達してしまう。

「……っサ、フィ！」

「ん——っ」

ぐっと一際強く突き上げた瞬間、アイラの中で果てた。

白濁が飛び出し、アイラの中を汚すこの瞬間、ルーカスを仄暗い悦びが満たす。アイラが自分のものだと、この身体に染み込ませることができるからだ。

ルーカスは、呼吸を乱すアイラの身体を、自分も荒い息をしながらそっとベッドに横たえてやる。

まだ身体の中が痺れているのか、脚やお腹を震わせるアイラに、ルーカスは繋げたままの陰茎を揺すりながら笑って言った。

「――これが妻の仕事だというのなら、一晩中――いや、一日中だってお願いしたいな」

「――――っ」

達した後の脱力感に包まれていたのだろうアイラは、その瞬間、表情を固まらせた。

怯えを含んだ蒼い目でルーカスを見て、小さく首を振る。

「大丈夫だ、サフィ。俺は三日は眠らずに動けるからな」

安心させようと思い笑ったのだが、アイラはまだ力の入らない身体を必死に動かし、ルーカスから逃げようとする。

あんなに煽っておきながら、これだけで逃げられると思っているのだろうか。その短絡的な思考もまた可愛い。これは、しっかりと身体に教え込まなければならないと、ルーカスはひっそり笑った。

6章

もう「妻の仕事」は二度としたくない。

アイラは朝になっても慄く身体を持て余し、そう考えた。

いつものように朝早くに目を覚ますことができず、ようやく身体を起こすことができたのは太陽が真上に昇った頃だった。

その間ルーカスは、わざわざ寝室に仕事を持って来てアイラの寝顔を見ながら仕事をしていたようだ。

放棄しなくなっただけましか、とも思ったが、目を覚ましたアイラの世話をするために来た使用人たちが、一様に顔色を悪くしていたのが気になった。

「気分が悪いなら――」

「いえ！　そのようなことはありません！」

ドレスを着るのは難しいが、そんなにたくさんの人はいらないし、体調が悪いなら他の人と代わって休んでいれば、と思ったのだが、アイラが声をかけた瞬間、遮るように全員が姿勢を正し、全力で首を振った。

「…………？」

いったい何があったのかと訝しむが、彼女たちは答えない気がする。

無駄口を叩かず、統率の取れたきびきびとした動きによってアイラの支度はすぐに終わった。

メイドたちの様子は気になるが、ルーカスをあまり待たせずにすんだのだから、それでいいと思うことにしようと気持ちを切り替え、アイラは夫の待つ居間へ移動した。

腰がだるいし、人に言えない部分はまだ何かを挟んでいるような感じがして動きもぎこちない気がするが、じっとしていることができない性分なので、起きたなら動かなければ落ち着かなかった。

それもこれも、本当に一晩中――朝方までアイラを放してくれなかったルーカスのせいだ。けれど、アイラが目を覚ました時に見た彼のにやけた顔は、まるで反省していない様子だったから、何を言っても堪えないだろうとわかっている。

それに、あの時間はアイラにとっても必要だった。

ルーカスが、アイラのすべてを肯定してくれる、あの安心感と喜びは、昏い場所に落ち込んでしまっていたアイラには大事なものだったのだ。

おかげで、使用人の前でぎこちない歩き方になっていても、堂々としていられる。

居間に着くと、ルーカスとアハトが待っていた。「軽食を用意してある」と言われ、家令がお茶を淹れようとするので、アイラはポットに手を伸ばす。

「そのようなこと、奥様には……」

「いいんです。私が、淹れたいし、淹れてあげたいので、やらせてください」

ヘンリクよりも歳を重ねているだろうこの家令は、彼よりも頑固に見えたが、アイラが彼に対し敬語を使うのも、この屋敷の中だけならと納得してくれたし、ルーカスたちにお茶を淹れることも任せてもらえた。

もちろん、使用人の仕事をすべて奪うつもりはないし、ここが辺境でないことも理解している。アイラは自分の心が落ち込まないだけの少しの自由を許してもらったことで、心に余裕ができた。

アイラは慣れた手つきで三人分のお茶を淹れ、ルーカスの隣に座った。

ルーカスとアハトはそれを喜んで飲み、アイラはトレイに用意されたサンドイッチに手を伸ばす。

正直、お腹が空いていた。

思い起こせば、昨日はお茶くらいしか口にしていない気がする。それなのに、夜中激しい運動に付き合わされたのだ。お腹が空かないほうがおかしい。

ルーカスとアハトも一緒に食べて皆の食欲が満たされたところで、アハトが口を開いた。

「ニコが起き上がれるようになったらしい」

ニコとは、カルヴィネン侯爵ニコデムスの愛称だ。そう呼ぶほど、アハトはアイラの祖父と親しいようだった。

考えれば年齢も近く、同じ侯爵家。親交があっても不思議ではない。

「では、今日お伺いしてもいいんですか？」

「ようやくか。そろそろ積もりそうだから、ギリギリかもな」

ルーカスが心配していたのは、辺境への帰路のことだった。

王都の季節はすでに冬。ネバダ山脈の山頂付近はすでに真っ白だし、王都の街中でも幾度が雪が降っている。

ただ絶えず湧き続ける温水を街中の路面に流しているおかげで、雪は積もることはなく、まだ移動に困ることはない。

しかし王都を離れ、辺境へ向かう街道はまた別だ。

ある程度の雪ならば馬車馬も慣れているが、積もってしまえば難しい。

本格的な冬の間は、辺境と王都の間の通行は基本的に禁止される。

辺境が田舎と言われるのはそういう事情もあった。ただ、辺境のほうが位置的に南にあり、王都より雪が少なく、動きやすいらしい。

広大な土地を牧草地にして、家畜も多く飼われている。王都に近い村ではできない大規模な農業も行っており、王都で必要な食物のおよそ半分をオルコネン侯爵領が生産しているとも言われている。

アイラはその食物生産をしている者たちが騎士であり、自分の農作物の世話をしながら、領地の見張りをしているのだと、もう知っていた。

　このルイメールで誰より国に貢献しているのは、オルコネン侯爵領の者たちではなかろうかと思い始めていた。

　王都の綺麗な屋敷にいると、辺境が恋しくてならない。

　家政を取り仕切るのはやりがいがあったし、何より呼吸が楽で、生きるのが楽だ。

　ここでは自由をもらっても、ほとんど何もすることがないのだ。

　早く帰りたい――。

　カルヴィネン侯爵の体調が戻ったのなら、早く挨拶を済ませて辺境に帰りたいと、アイラも、ルーカスと同じように気が急いていた。

　面倒だけれど、アイラはもう一度ドレスを着替え、その間にカルヴィネン侯爵家へ先触れを出してもらい、準備が整ったところでルーカスとアハトと共に馬車に乗った。

　馬車の窓は分厚く、小さい。

　それは防寒のためで、足元には小さな箱型の炉があり、三人乗っていることもあってか、車内は寒さを感じなかった。

　だが、今日も灰色の雲が空を覆い、ちらほらと雪が舞い始めている。

　アイラは小さな窓から貴族の屋敷が建ち並ぶ通りの景色を眺めていた。キルッカ男爵家にいた頃は本当に屋敷から出してもらえず、その前のカルヴィネン侯爵家にいた時も、もちろん勝手に出歩くのは許されなかった。

　父が亡くなり、母と王都に戻って来た時に住んでいたのはこんな整然としたところではなく、平民の暮らすエリアだった。馬車の通る幅もないような狭い場所に家がひしめき合っていて、隣近所は知り合いばかり。助け合うことが当然で、小さなアイラでも困ることなく暮らせていた。

だが、母が亡くなってしばらく経った頃、そのごちゃごちゃとした路地に、突然とびきり高級なお仕着せの燕尾服を着た男が現れたのだ。

下町では違和感しかなかったその男は、アイラを連れ戻しに来たカルヴィネン侯爵家の家令だった。

言葉使いは丁寧だったけれど、彼の顔には、早くこんな場所から離れたいと、はっきりと書かれていて、一刻も早くアイラを連れ去ろうとしていた。

けれど平民とはいえ知り合いだらけの場所で、まだ十歳の子供を引っ張って行こうとするのは無理があった。近所の人々がすぐに寄ってきて相手を威嚇し、助けてくれた。

そこで家令は不満げな表情を隠しもせずに、アイラの事情を話し始めた。

「アイラの母は侯爵家の令嬢であり、その娘を侯爵はずっと捜していた。ようやく捜し当てた時には遅く、令嬢本人は亡くなっていたけれど、その娘が生きている。ならば連れて帰り世話をしてやりたい」というのが話の趣旨だった。その時のことはあまりよく覚えていないけれど、彼は侯爵がいかに慈悲深く、できた人間であるかをしきりに言っていた気がする。とても長い話だったが、つまり助けられなかった母の代わりにアイラを慈しみたい、ということのようで、それならば、とアイラを助けてくれていた近所の人たちも家族が見つかってよかったと快く送り出してくれた。

行った先で、あんな人形のような生活を強いられると知っていたら、アイラも素直について行くことはなかっただろう。だが、それは今だから言えることだ。当時はそんな判断はできなかった。

アイラの視界に、侯爵邸の赤レンガの塀が見えて、知らず顔を顰めた。身体も硬直してしまったが、その時、手が温かなもので包まれる。

隣に座るルーカスの大きな手だった。

「……俺のそばから離れるなよ」

小声だったけれど、アハトにも聞こえているだろう。

その温もりは、手のひらから全身に伝わって、アイラを優しく包んだ。

自然と顔が綻び、小さく頷く。

自分もぎゅっと握り返したところで、馬車が止まった。

カルヴィネン侯爵邸は、記憶にある通りの屋敷だった。

埃ひとつ落ちていない館内。冬でも美しく整えられた庭。無駄な動きのない統率の取れた使用人たち。

それらはすべて、当主であるカルヴィネン侯爵のためだけに存在している。

アイラたちが案内されたのは、この屋敷の自慢のひとつ、サンルームだった。

壁一面にガラスがはめ込まれており、今はうっすら雪化粧の庭が見える。

けれど暖炉の火のおかげで、充分に暖かかった。

その部屋の一番窓際には、ベッドのようにも見える大きなソファが置かれていて、そこで老人が寛いでいる。

ソフィは、恐らく特別に作られたものだろう。背もたれが大きく、ふかふかのクッションが敷き詰められていて、どの体勢で眠っても身体が痛くならないような造りのようだ。

その老人は、アイラを見るなり目を見開いた。

アイラはその目の色をよく知っていた。

それは、幼い頃に毎日見上げた母の目の色であり、鏡を見るたびに見る自分の目の色でもあったからだ。

その色は、カルヴィネン侯爵がアイラを自分の孫だと確信している根拠のひとつでもある、珍しいサファイアの色だ。

カルヴィネン侯爵の頭はすでにほとんどが白髪に覆われていて、ソファに横たわった身体は豪奢な服の上からでもやせ細っているのがわかる。しかしその蒼い目の鋭さによって、侯爵としての威厳を保っていた。

その目元が、アイラを見てふ、と和らいだ。

「――ずいぶん、後悔していたことがある」

しわがれた声だった。

その声をきっかけに、カルヴィネン侯爵の前に置いてあるソファに座るよう促される。アイラとルーカスは並んでそこに腰かけ、アハトはカルヴィネン侯爵に近いひとり掛けのソファに座った。

「そちらが、アハトの孫か……？」

カルヴィネン侯爵がルーカスに視線だけを向けると、彼は騎士らしくきびきびとした動きで立ち上がり、礼をした。

「ご挨拶が遅れました。オルコネン侯爵ルーカスです。爵位を継いだばかりの未熟な身でありますので、ご指導ご鞭撻のほど、よろしくお願いいたします」

それに対し、カルヴィネン侯爵は目礼するだけだ。

同じ侯爵とはいえ、新米とベテランの差がある。また、カルヴィネン侯爵の体調のこともあり、それだけで許される状況だった。

今日のルーカスは侯爵としての装いをしていた。

全身、グレーで統一しているが、地味な印象はまるでない。遠目でも目立つ銀色の髪はていねいに編み込まれ、整った顔がよく見える。黙っていれば冷たさを感じる美貌だが、美しいことには変わりない。

事実、プライドの高いカルヴィネン侯爵家の使用人たちが、ルーカスを見て驚いたように動きを止めるのを、アイラは何度も見た。

カルヴィネン侯爵も、若い頃は見目麗しい青年だったのだろう。それでもやはり、ルーカスの人間離れした美しさは別格だ。

目くばせをされて、アイラもルーカスの隣に立つ。

「この度、妻を娶りましたのでご挨拶をさせていただきます」

促され、薄いブルーグレーのドレス姿のアイラは、小さくカーテシーをした。

「アイラ・オルコネンでございます。カルヴィネン侯爵様、お加減はいかがでございましょうか」

老いにより病気がちなカルヴィネン侯爵が、この先良くなる見込みがないことはわかっている。

しかし、そう尋ねる以外に話すことがない。

アイラの言葉を聞いて、カルヴィネン侯爵は白い眉を寄せた。

「――もう、祖父とは呼んでくれないのか」

「…………」

それは、軽々しく答えを出せる問いではなかった。アイラが黙ったままでいると、ルーカスが腰を抱き寄せた。

視線を上げるとソファに座るよう促さる。落ち着いたところで使用人たちがお茶の用意をしに来た。

かちゃかちゃという茶器の微かな音の中で、カルヴィネン侯爵がまた口を開く。

「まったく、忌々しい……キルッカめ、アイラを使用人扱いするとは」

どうやらカルヴィネン侯爵は、キルッカ男爵家でアイラがどのような立場で何をしていたのかを知ってしまったらしい。

カルヴィネン侯爵は自分の娘、しかも長女であるハンナマリを殊のほか溺愛していた。次女のアンティアが嫁いでも、ハンナマリは結婚相手すら決まっていなかったぐらいで、侯爵は彼女をめったに屋敷の外に出さないほどの過保護ぶりだった。

そうしているうちに、屋敷の庭師に奪われてしまったのだから、カルヴィネン侯爵にしてみれば飼い犬に手を噛まれたどころの怒りではなかっただろう。

最初の数年は、裏切られ、矜持を傷つけられたことへの怒りのあまり、勘当だと言っていたようだ。

しかしそれも五、六年経つと、屋敷にひとりでいる自分が寂しくなり、捜索を始めたらしい。だが結果として、見つけることができたのは、王都に戻った娘が亡くなった後だった。

もっと早くに見つけていれば、と目の前の老人が悔やんでいたのをアイラも覚えている。

ハンナマリの娘だからと、アイラはそれはそれは大事にされた。

もう二度と庭師なんぞに手を出されることがないよう、屋敷に出入りできる人数を極限まで制限し、使用人たちもほとんど女性で揃え、家令の厳しい指導のもと、令嬢教育がなされた。

そんなにも大事にしていた孫娘が使用人として扱われていることを知れば、すぐにでも連れ戻しただろう。それがわかっていたから、キルッカ男爵家の者たちは、アイラをほとんど屋敷の外に出さなかった。

それでも、屋敷の中では自由に動けたので、このカルヴィネン侯爵の屋敷にいた時よりはましだったと思っている。

「お前がひどい扱いを受けていると知れば、私はすぐに助けたはずだ。キルッカにはきつい処分を下した。もうお前を傷つけることはないだろう」

その鋭い眼光は、決して老い先短い老人のものとは思えず、長きにわたって侯爵として影響力を持っていただけの威圧感があった。

キルッカ男爵家はどんなことをされたのか。

アイラは叔母一家の行く末を案じたが、あまり心証のよくない家族だったので、深く気にすることもないと思い直した。

ただ、そこで働く使用人たちは、悪い人たちばかりではなかったから心配だった。

アイラの境遇を知って、主人一家の目の届かないところで何度も手を貸してくれた人もいたし、ライラに怒られずに済むよう、仕事を丁寧に教えてくれた人もいる。

処分が下されたとなると、全員ではないにしろ、何人かは解雇されるはずだ。次の勤め先をちゃんと見つけられるだろうかと気になった。

ルーカスに聞けばわかるだろうか、いや、アハトのほうが、と考えていると、カルヴィネン侯爵がこちらをじっと見ていることに気づいた。

「……ハンナマリに、よく似ている……その髪色は忌々しい異人の男のものだが、目はハンナマリそのものだ。私が早く気づいていれば、お前を辺境になど……こんなに早く結婚することなど許さなかった」

それに苦笑したのはアハトだ。

「おい、辺境はそんなに悪いところではないぞ。アイラはそこで楽しそうに暮らしているし、私もルーカスも大事にすると約束する」

「アハト、辺境を貶めるつもりはない……他国からの侵入を防いでくれているお前たちに感謝もしている。しかしそれとこれとはまた別だ。わかるだろう？　お前の息子とて、辺境を飛び出したではないか」

アハトは軽く肩を竦めて答えた。

「あれは嫁に惚れすぎて、自分の立場を放り出した困った奴だ。そのかわり、ルーカスはよくできた孫だ。妻に一途なオルコネン侯爵家の血をしっかり受け継いでいるし、アイラが悲しむことは絶対にない」

「それにしたって……」

本当に気心の知れた友人同士なのだろう。気安い雰囲気のふたりを見てそう思いつつ、なんでこんなに仲がいいのか、ぼんやりと不思議に思う。

そんなことを考えている間に、用意されたお茶がアイラの前に差し出された。

「――失礼いたします」

声をかけられ、アイラがそちらを振り向くと、ローテーブルに置かれようとしていたカップがふいに揺れた。

次いで、かちゃん、という音と共に、息を呑む音も聞こえた。

「――失礼いたしました！」

お茶を差し出した家令が、勢い良く頭を下げる。

揺れたカップから零れたお茶が、アイラのドレスの裾に少しかかってしまったからだ。

「アイラになんたることを――」

「申し訳ございません、旦那様、アイラお嬢様」

老齢の家令は、声を荒らげた主人とアイラに頭を下げた。

すぐに始末をしようとカップを下げ、アイラのドレスに視線を向けるが、近くで見ないとどこに零れたかなどわからないくらいだ。

正直、これくらいで相手を怒るつもりはなかった。

使用人として働いていたからこそ、彼らの気持ちがわかるからだ。

「ヴァロ、お前はなんということを！　この責任は――」

「お待ちください」

カルヴィネン侯爵が家令を叱責しようとするのを、アイラは途中で止めた。

昔、厳しく躾けられた時のことを思い出すと、どうしても好きにはなれないが、こんなところで過去の仕返しをしたいとも思わない。

「私はやけどすらしていませんし、ドレスだってこれくらい気になりません。オルコネン侯爵家の人たちがきっと綺麗に洗ってくれますし、もし必要なら新しいものを買ってください」

ね、とルーカスを見れば、当然だとばかりに頷いた。

その目は優しく細められていた。

「サフィのためなら、日替わりで違うドレスを用意しよう」

さすがにそれは必要ないと思いながらも、微笑みを返し、帰ったら絶対に買わないでと釘を刺しておかなければと思った。

「しかし……」

「しかしながら、我がカルヴィネン侯爵家での粗相。他家に後始末をさせるわけには参りません。何より私が自分を許せません。旦那様、アイラお嬢様にお着替えをお願いしてもよろしいでしょうか——幸いにも、ハンナマリお嬢様のお衣装がまだ残ってございます」

カルヴィネン侯爵の言葉を継いだのは、その侯爵の家令だ。

早口で説明されたが、アイラが頷くことはない。

ルーカスも同じ意見だろう。

そこまでさせる必要などない、と断る前に頷いたのはカルヴィネン侯爵だ。

「……そうか、そうだな。そうしてくれるか、アイラ。ヴァロには厳しく言っておくから。

こやつの失態を取り戻させるためにも、頼む」

「それは――」

「ルーカス」

すぐに反論しようとしたルーカスをアハトが押し留める。

アイラも、使用人の気持ちは確かにわかる。

好きではないけれど、完璧主義者であるとも知っている。気は進まないが、ここで意地を張っても仕方がない。

「ルー」

降参の気持ちを込めてルーカスを見ると、ルーカスは本当に不承不承といった顔で頷いた。

「……すぐに、戻ってくるように」

「うん」

アイラは笑って答え、先導する家令の後を追って部屋を出た。

そのまま、この部屋に戻ることができなくなるなんて、考えてもいなかった。

＊

遅い。

ルーカスは部屋にある時計を見て思った。

カルヴィネン侯爵とアハトは、小さな声で何かを話している。

穏やかな表情からして、昔話でもしているのかもしれない。

しかしルーカスにはそんなことより大事なことがあった。

着替えに行く、と席を立ったアイラが戻って来ないのだ。

女性が男性よりも着替えに時間がかかるのは、さすがにルーカスも知っている。けれど時間がかかり過ぎている。まさか湯を浴びて身体を清めるところからしている、というわけではないはずだ。

「――遅い」

あまりに我慢できず、声に出てしまった。

ルーカスの声に気づいたアハトも、時間を見て気づいたようだ。

「――失礼いたします」

その時、アイラと一緒に出て行った家令が戻って来て、カルヴィネン侯爵だけに聞こえるよう耳打ちした。

ルーカスの耳は、微かな声の中に「アイラお嬢様が」という言葉を拾った。

カルヴィネン侯爵は家令の言葉を聞くと、すっと表情を改めた。

穏やかだった表情から一変、深刻な顔でルーカスを見る。

「どうやら、アイラは体調を崩してしまったようだ。できれば休ませてやりたい。ふたりには今日はこのままお引き取り願おう」

「――なんだと？」

低い声が出たのは当然のことだった。

苛立ちを隠しもせず、ルーカスの目も据わっている。アハトもおかしいと思ったのか、
眉根を寄せてカルヴィネン侯爵に尋ねた。

「どういうことだ、ニコ？」

「アイラはとても疲れているようだ」

「ああ――」

カルヴィネン侯爵の言葉に、アハトは納得したようにルーカスを見た。

その疲労の原因を作ったのはルーカスだと思っているのだろう。

そう言われると、確かにルーカスは、昨日アイラを疲れさせたのかもしれない。

一晩中――気づけば夜明けを迎えるまで、アイラを愛撫し、責め立てていたのは事実だ。

しかしその後で充分に睡眠を取っていたし、嫌ならアイラも本気で抵抗していたはずだ。

それに、自分たちは夫婦――しかも新婚であるのだから、ベッドの中での時間が少々長くなったとしても、当然のことといえる。

アハトの胡乱な視線に、カルヴィネン侯爵の鋭い眼光が加わる。

「本来なら、こんなに早く嫁に出すつもりはなかったのだ。そもそも嫁にやるつもりもなかった。キルッカの阿呆のせいで――いや、陛下が認めたことなら今更言っても仕方がな

いことだが、アイラの実家はここだ。疲れているのなら休ませてやりたいし、老い先短い私の残りの時間を考えれば、もう少し孫と過ごす時間をもらってもいいのではないかと思うが」

「そんなことを――」

「ルーカス」

ルーカスが反論する前に、またアハトが止めた。

無言で首を振る仕草に、抑えろ、と言われているのだとわかる。

わかるが、納得したくない。

なぜならルーカスは、そばを離れない、とアイラに約束したからだ。

だがカルヴィネン侯爵は、この異質な結婚に異議を唱えているわけではないらしい。

ルーカスが国王に、婚姻契約書をアイラとのものに書き換えさせたのも知っているようだった。

その事実が変えられないことは、カルヴィネン侯爵もわかっているはず。つまり、アイラがルーカスの妻であることは揺らぐことはない。カルヴィネン侯爵とて、今更アイラをどうこうすることはないだろう。しかし……。

「…………」

「ルーカス」

もう一度、念を押すようにアハトに名を呼ばれ、ルーカスは不満たらたらな顔でカルヴィネン侯爵を見た。

「……では、明朝、迎えに参ります。それまで妻をよろしくお願いします」

傷ひとつ付けようものならただではおかない、という気持ちを込めて、老侯爵を鋭く見据える。

カルヴィネン侯爵は、その視線を厳しい顔で受け止め、頷いた。

ルーカスは、もやもやとした気持ちを抱えつつも、アハトと共にカルヴィネン侯爵家を後にした。

もしこの時、翌日になってもアイラに会うことすらできないと知っていたら、ルーカスはなんとしてでもアイラを連れ出していただろう。

＊

アイラはふと、自分の意識が深いところから水面に浮かぶような感覚を覚えた。

眠っているのかしら、と思ったものの、どうして眠っているのかわからない。

身体が重く、深い沼に埋まっているような心地だ。どうしたのだろうかという不安が頭を掠める。

しかし思考をうまくまとめることができず、アイラは耳だけが声を拾っていることに気づいた。

「――かわいそうに」

しわがれた声だった。

さて、それが誰のものだったか。アイラは思い出そうとしたが、うまくいかない。

「可哀想に、アイラ――ハンナマリ、可哀想に……憐れな。もっと早く、私が助けてやれば……こんなことには」

「旦那様、辺境でも、アイラお嬢様は使用人のように働かされているとか」

もうひとりの声が聞こえたけれど、やはりアイラには誰だかわからなかった。

ぼんやりとした意識の中で、彼らの会話は聞こえていた。

「アハトめ、私に嘘を……いや、彼が嘘をつくはずがない。ルーカスの小僧だな。私を欺こうとするとは……アイラは、今度こそ私が守る。そうしなければハンナマリに合わせる顔がない。ヴァロ、アイラはこのまま……」

「承知しております。彼はまた、今日も性懲りもなく来ましたが、屋敷には一歩も立ち入らせません」

「騎士団から人を借りて、もっと厳重に守らせよ。アイラは絶対に、オルコネン侯爵家には渡さん」

しわがれつつも、強い、断固とした声だった。

彼らの会話が気になった。

しかしアイラは指一本動かせず、目を開ける力さえなかった。

何か、大事なことを忘れている気がした。けれどアイラの意思とは裏腹に、意識はさらに深く沈んで行く。

誰かを思い出さなければ、と焦るが、誰を？　と思ったのを最後に、また眠りについた。

＊

「いったいなんだというんだ!?」

ルーカスは怒りのままに、机をだん、と強い力で叩いた。

アイラと別れて今日で三日目になるが、ルーカスはいまだ、愛しい妻に会えずにいた。

あの日の翌朝、貴族としては朝の早い時間だったが、我慢ができず、ルーカスはカルヴィネン侯爵家を訪れた。

対応したのは老齢の家令だった。

そこで言われたのは、

『大変申し訳ございませんが、本日もアイラお嬢様はお疲れが抜けず、臥せっておいでございます。アイラお嬢様もこの機会にゆっくりとお休みをいただきたいと、そう伝えてほしいとのことでございます』

だから今日のところは引き取れ、ということだった。

カルヴィネン侯爵家の家令に、いったい何をしたのだ、という目で見られ、ルーカスは自分は何も悪いことなどしていないと弁解したが、一緒に来ていたアハトからも冷ややかな目で見られた。

一応、一晩反省はしたのだ。

朝まで責め立てるのはやりすぎたかもしれないと。

だから、呻りながらもその日は引き下がったが、その次の日も会えなかった。

出迎えたのはやはり同じカルヴィネン侯爵家の家令で、

『大変申し訳ございませんが、アイラお嬢様は、以前できなかった祖父孝行をなさりたいとのことで、しばらくご家族だけで過ごしたいとおっしゃっています。あまりに早いご結婚でしたので、旦那様との時間をとることができなかったと後悔しておいでで。ですので……』

このまま引き取れ、ということだ。

それを素直に受け入れるルーカスではない。

アイラの過去を知っているルーカスは、彼女が祖父孝行などのためにカルヴィネン侯爵家に留まりたいと言うはずがないと知っている。

『サフィを出せ』

家令を脅すつもりでずいっと一歩前に出ると、屋敷の奥から体格の良い男が姿を現した。

その鋭い眼光は、その男がただの家人や使用人でないと告げている。

『ルーカス』

一緒に来ていたアハトも、今度ばかりはおかしいと思ったようだが、周囲に目を向けながら孫を抑えた。

その視線を追うと、ルーカスの背後に、似たような雰囲気の男が数人立っていた。

気配からして騎士だろう。

しかも外見を気にする王宮警備の近衛騎士団ではない。

この国の貿易を守護する、実力は折り紙付きの海神騎士団だ。

オルコネン侯爵率いる辺境騎士団の者ではないのだから、その答えしかない。

さらにあたりを探ると、物陰に隠れている者たちの気配を感じる。まだ人数が増えそうだった。

こちらはルーカスとアハトのふたりだけだ。強引に突破できないわけでもないが、もう少し情報を集めたほうがいいだろうと、アハトと視線を交わし、ルーカスは一度帰ることにした。

そもそも、ルーカスはあの家の家令が気に食わない。

『大変申し訳ございませんが、アイラお嬢様は旦那様とお過ごしになる中で何やら思うところがあったらしく、しばらくあなた様と会うのがお辛いのだそうで。もう少し家族だけで過ごしたいから放っておいてほしいとのことでございます』

などと慇懃無礼で、もはやこちらを見下す態度を隠しもしていないのだ。

いったいどうして、この男にそんなことを言われなければならないのか。そもそもこの男がアイラのことを「アイラお嬢様」と言うのもルーカスの神経を逆撫でする。

アイラはもうルーカスの妻で、お嬢様ではないのだ。「オルコネン侯爵夫人」もしくは「ルーカスの奥様」だ。なのに、当てつけのように「アイラお嬢様」と繰り返すのが気に入らない。

それに、毎度毎度門前払いで、強行突破しようものなら、すぐにも飛びかかって来そうな騎士たちまで揃えながら、カルヴィネン侯爵本人は出てこない。

これで家令の言葉を鵜呑みにすると思われているのなら向こうも馬鹿すぎる。

だが、アイラはカルヴィネン侯爵の手中にある。

人質を取られているようなものだ。

だからルーカスもアハトに言われるまでもなく、気に入らない家令の胸倉を摑む、などということはせずに、状況を正確に把握するために調べるつもりだった。

「何かがおかしい——情報が必要だ」

「わかっている。こちらの私の伝手も辿ってみよう」

アハトは老いているとはいえ、長らく騎士団の団長を務めていたのだ。疲れた姿など見せたことがない、常に威厳のある祖父だった。

しかし今回のことで、ルーカスに初めて暗い顔を見せた。

まさか、信じていた友人が、自分を裏切るようなことをするとは思っていなかったのだろう。

建前やおべっかを使いながら相手を貶すことが日常の貴族社会で、笑ってすべてを躱してきたアハトだが、その中には、友人と呼んで信頼していた者たちもいる。カルヴィネン侯爵もその中のひとりだったようだ。

だからこそ、今回のことは相当堪えているらしい。

カルヴィネン侯爵を信用したアハトを責めるつもりはない。今更言ったところでどうにもならないとわかっているからだ。

それならば、状況を確認して、どうすればアイラを取り戻せるかを考えるほうが建設的だ。

「サロモンとレベッカに連絡を取るか？」

アハトが名前を出したのは、海神騎士団の上層部にいるルーカスの父と母だ。

ルーカスは眉根を寄せたまま首を横に振った。

「あのふたりには関係のないことだ。これはうちの問題だからな」

「そうか――そうだな。しかし、レベッカは特に、こういうことが気に入らないはずだ。海神騎士団の者が関係しているとなれば、その者たちは恐らく――」

「海神騎士団のことは海神騎士団で考えればいい。それよりも、サフィだ。俺はあの家令がどうも気になる」

ルーカスの言葉に、アハトも頷いた。

「それは同意する。ニコもあいつ——ヴァロとかいう家令を信じ切っているようだしな……」

「……恐れながら、ルーカス様、アハト様」

そこで口を挟んできたのは、オルコネン侯爵家の別邸の家令だ。

年老いてはいるが、この屋敷を任せられるだけの信用と実力がある。その男が主人の会話を遮って声をかけたのだ。何かある、と耳を傾けた。

「カルヴィネン侯爵家の使用人たちの噂は結構知れ渡っておりまして……」

「なんだ？」

ルーカスやアハトが使用人たちと気安い関係を作っているとはいえ、貴族であることには違いない。使用人の話は使用人から聞いたほうが確実だ。

「実はあの家には、もう何年も新しい使用人が入っておりません」

「……どういうことだ？」

家令の言いたいことは、こういうことだ。

屋敷の使用人は、年齢や事情があって辞める者が年に数人いるのが普通で、その代わりに新しい者を雇い入れる。そうしなければ屋敷が回らないからだ。（ちなみに、数人の使用人で回していた辺境の屋敷が異常だというのは誰もが理解している）。

しかし、使用人たちの間でカルヴィネン侯爵家は奇妙な家と言われていた。

特にここ数年、新しく雇われた者がいないらしいのだ。

そして、辞める者も出ていないらしい。

つまり、変わらぬ顔ぶれで屋敷を回しているのだ。

屋敷は違えど、使用人同士の交流は結構あるもので、特に、この家は働きづらい、などという話はすぐに広まる。その他にも、給金についてや、家人がどんな性格の者たちか、誰が訪れているのか、交友関係も知れ渡る。使用人の噂は馬鹿にならない。

けれど、古い使用人ばかりのカルヴィネン侯爵家は、主人への忠誠心が強すぎて、主人の噂はもちろん、どんな内情も漏らしたりしないらしい。

「……なるほど」

つまり、あの屋敷で何が行われているのか、屋敷の者以外は誰もわからないということだ。

人形のように生きるのは嫌だと泣いたアイラ。

幼い頃のアイラが、もうここにいたくないと思うほどの何かがあそこであったはずだ。

「――あの家の家令と使用人すべてを、徹底的に調べろ」

アイラを助けなければ、という思いは増すばかりだが、確実に取り戻すにはまずそれを調べることが重要だった。

――どんな手を使っても、サフィを取り戻す。

最愛の妻のため、ルーカスは怒りを抑えながらそう誓った。

＊

アイラが目を覚ますと、見たことのない天蓋があった。

ベッドで寝ていることに気づいたものの、起き上がろうとしても身体が重く、動かせない。

「──……」

何が、と声を上げようとして、まるで声が出ないことに驚く。

口は開くが、声が出ない。

おかしい、と焦りを感じて身じろぎしてみるが、自分で起き上がることができない。

「お目覚めですか、アイラお嬢様」

声のほうに視線を動かすと、見覚えのある男が立っていた。老齢の家令だ。

できれば、二度と会いたくない相手だった。

そしてアイラはここがどこであるかを理解し、良くない状況だということにも気づいた。

「申し訳ありませんが、お声を抑える薬を使わせていただいております。気怠さが残るため、お身体が少々不自由かと思いますが、我々がお世話をいたしますので問題はありません」

ああ、この口調だ、とアイラは思い出した。

淡々とした声は、何年経っても変わらないらしい。

親を亡くし、身寄りのなかった幼いアイラを抑圧した時のままだった。

「まったくアイラお嬢様は、ハンナマリお嬢様の似なくてよいところまで似て。どれほど旦那様を悲しませるのか。我々使用人一同、一丸となって旦那様のお心を軽くしようと粉骨砕身しているというのに、そのお気持ちをまったく汲んでくださらない。一度旦那様を裏切ったお嬢様など、放っておけばよろしいのに心優しい旦那様は……本当にお辛い日々を過ごされて。それをあなた方母子ときたら、恩をあだで返すようなことばかり。どうして旦那様の幸せをお考えになれないのか」

そんなことを言われても、アイラにどうしろと言うのか。

家令や使用人たちの言いたいことは今でも変わらないらしい。

この屋敷で働く者たちはカルヴィネン侯爵に心から忠誠を誓っている。彼に刃向かう者はどんな者でも許さない。

アイラがこの屋敷に来て、最初に聞かされたのは、母に対する侮辱の言葉である。

カルヴィネン侯爵を捨てて駆け落ちした母は、この屋敷では希代の悪女となっていた。カルヴィネン侯爵本人は母の身を心配していたようだが、使用人たちは死んで当然とまで思っていたようだった。

母は悪女なんかじゃないとアイラが言っても、ちゃんとした教育を受けていない穢れた娘がたてつくな、と厳しく叱責された。

穢れた、というのは異国の父の血が入っているという意味らしい。

父は穢れた存在ではない。突然亡くなったその日まで、ずっとアイラと母を愛してくれた、すばらしい人だ。

そう言っても、アイラが両親を庇えば庇うだけ、アイラへの締め付けは厳しくなった。

カルヴィネン侯爵家の令嬢に相応しく、と使用人たちから躾けられ、時には鞭を振るわれることもあり、アイラは自分を殺し、言われるままになっていた。

振る舞いから言葉にいたるまで細かく指導され、少しでも間違うと服に隠れる場所を叩かれる。

カルヴィネン侯爵家に相応しい格好をと、幼い子供には重すぎる豪奢な服装をさせられ、腕を上げることすら難しかった。

その上で、余計なことは言うな、相応しい態度でいろ、用のない時は動くな、と命じられた。

それらはすべて、カルヴィネン侯爵の見えないところで行われた。恐らく、今も侯爵だけは知らないままだろう。アイラのことは気にしながらも、世話はすべて使用人の仕事だったのだから。

そうしてでき上がったのは、彼らの言う通りに動く人形だ。

アイラは自我を殺しながら、ドレスの内側の身体は怖くて震えていた。泣くことすらも許されず、自由になる感情などなかった。

ベッドの上の動けない身体で当時のことを思い出し、アイラはやはり自分はこの家から逃げられないのか、と絶望を感じた。

「旦那様を裏切ったハンナマリお嬢様は死んで当然ですね。アイラお嬢様はそのようなことがないように、我々がまた見守りますのでご安心ください。怪我ひとつしないように、常におそばに控えておりますから」

最愛の母のことを死んで当然などと言われ、怒らない子供がいようか。

アイラは怒りを込めて家令を睨むが、相手はまったく気にしていない。

そもそも、家令はアイラをちゃんと人として見ているのだろうか。

口にするのは「旦那様」つまりカルヴィネン侯爵のことだけで、それ以外はまったくどうでもいい存在のようにも聞こえる。

「まったく、あの忌々しい男がああもしつこいのは、アイラお嬢様のせいでもありますからね。毎日毎日やって来ては旦那様の機嫌を損ねるのも大概にしていただきたい。そもそも、旦那様に断りなく勝手に結婚するなど……すでに穢れた身というわけですが、そこはもう致し方ありません。これからまた、旦那様のために、良き令嬢として躾け直していきますからね」

駄目だ、とアイラは思った。

人形になることは絶対に受け入れられない。

絶望している暇はない。

一方的な家令の言い分を、受け入れていいはずがない。

アイラに力を与えたのは、悔しいけれど家令の言葉だ。

忌々しい男。

そういう存在の家令はアイラが知る限りひとりしかいない。

――ルー。

アイラは心の中で呼んだ。

「ヴァロ、アイラはどうだ？」

その時、ふたりだけだった部屋に誰かがやって来た。

「旦那様、どうぞ。今お目覚めになったところです」

「そうか――」

家令が扉を開き招き入れたのは、他の誰でもないこの屋敷の主人であるカルヴィネン侯爵だ。

弱々しいままだが、杖を突いて歩けるまでには回復したようだ。

アイラは家令によってベッドから起こされ、背もたれに寄りかかるようにされた。自分ではどこも動かせないので、されっぱなしだ。

「どうやらまだ、お声がうまく出せないようで。お薬をご用意いたします」

「ああ、そうだな――大丈夫か、アイラ？　もう安心するがいい。ここで、安全に暮らせるよう、私が守ってやるからな」

まさに人形のように、ベッドに座ったまま表情ひとつ動かないアイラに、老人はにこやかに話しかける。

アイラは心の底から罵りたかった。

誰にとって安全なのか。

誰が安心するというのか。

こんな状態のアイラをおかしいとも思わず、にこやかに微笑むカルヴィネン侯爵と、嬉しそうにそれを見ている家令が、アイラには異常としか思えなかった。

7章

ルーカスは苛立ちを抑えられずにいた。

自分の考えを熟知してくれる部下たちを使い、カルヴィネン侯爵家を調べてみたものの、王都では勝手が違う。

情報を集めようにも、こちらの屋敷で働く使用人たちのほうがよく知っている始末だ。

わかっているのは、カルヴィネン侯爵家を海神騎士団の者たちが私服姿で警護しているということ。

恐らく、カルヴィネン侯爵の依頼を受けたどこかの部隊だろうが、下手に襲撃してアイラに危険が及ぶと思うとルーカスは身動きがとれなくなる。

孫が可愛いカルヴィネン侯爵は、アイラを守るだろう。

しかしあの家令はどうか。その疑念がルーカスを躊躇わせる。

使用人たちの話では、ヴァロという家令は狂信的に主人を崇めていて、その家令に従順な者だけが雇われているらしい。それを聞くと、不安しかない。

もう背に腹は代えられないと、最終手段として、ルーカスはアハトを通じて海神騎士団に連絡を取った。

　必要なのは、戦う騎士ではなく情報を集める者だ。貿易港を守る彼らは、王都の全域も守備範囲としていて、貴族街以外の内情もよく知っている。

　両親のいる海神騎士団にはいい思い出がない。あまり近づきたくなかったが、幸か不幸かちょうど両親は船に乗って出かけていて、アハトを知る両親の部下が手を貸してくれることになった。

「なんでも聞いてください！　我々はルーカス殿のためならどんなことでもやってのける覚悟です！」

　そう言い切るのは両親の部下でルーカスより年上の騎士だ。常に笑顔で、全力でルーカスの助けになろうとする態度は今はありがたいが、鬱陶しいことこの上ない。

　まだ幼いルーカスが、両親と王都で暮らしていた頃、当然のように海神騎士団の詰所にも連れて行かれて、そこに積み上げられていた書類を見て、ルーカスが手を出してしまったのが運の尽きだった。

　ルーカスは、ずっと溜まっていた海図に手を出してしまったのだ。

　航海に出た騎士たちが集めた情報を、図面に起こすという作業は、その時は楽しくて嵌まっていたのだが、正直途中で飽きた。しかし海神騎士団では海図に起こせる者が少なく、情報だけが溜まり続けていたために、ルーカスの能力は重宝された。

　しかしまだ五つくらいの頃だ。その年の子供を詰所に押し込んで、朝から晩まで海図を書かせるなんて、両親や海神騎士団を嫌になっても仕方がないだろう。

両親は、できるやつがやればいいという要領の良いタイプなので、ルーカスは逃げる隙をなかなか見つけられなかった。結局逃げ出してアイラに会った後、アハトに辺境へ連れて行ってもらえるまで海神騎士団に縛り付けられたのだ。

その恩を覚えているのか、いまだ海神騎士団の一部はルーカスを崇めようとしてくる。また仕事を押しつけられるのが嫌だから、できる限り近づきたくなかったのだ。

だがさすがは勝手知ったる地元のこと、と褒めるべきなのか、ルーカスが知りたい情報を彼らはすぐに集めてきてくれた。

報告書を読む限り、ルーカスの勘は当たっていたようだ。

カルヴィネン侯爵を崇める家令の暴走を、恐らくカルヴィネン侯爵は知らないのだろう。

「うちの団の者がご迷惑をかけているようで。一掃いたしましょうか？」

手伝ってくれた海神騎士団のひとりが暗い笑みを浮かべて報告書と共に提案してくれるが、ルーカスは首を縦には振らなかった。

「せっかくのご厚意を申し訳ないが、サフィの安全が第一だ。サフィを安全な場所に移してから、心おきなく潰す予定だ」

「なるほど。その時に人員が必要であればいつでもおっしゃってください」

にこりと笑う騎士に、ルーカスは手伝ってもらった謝礼を渡し、心の中で、できれば二度と関わりたくないと返した。そして、自分の部下たちと共にアイラの奪還計画を詰める。

アイラと離れてちょうど一週間目の夜、ルーカスは闇夜に紛れて動き出した。

＊

アイラの意識はまだはっきり残っていた。

逃げられることを警戒しているのか、時折深く眠らされることがあるが、あまりに意識がないとカルヴィネン侯爵に変に思われると思ったのか、徐々に薬の量は減り、声は出せないが思考力は完全に戻っていた。

昼間はカルヴィネン侯爵の機嫌を取れとばかりに、侯爵の好みのドレスに着替えさせられ、椅子に座らされて相手をさせられる。

相手をすると言っても、アイラが話せるわけではない。

精神的な問題で、まだ声が戻らないと家令が嘘を言っているために、カルヴィネン侯爵は毎日心配している。けれど、アイラがそばにいることが嬉しいのか、彼の体調は徐々に戻って来ているようで、杖を突きながらではあるが自由に歩くことができるようになっていた。

元気になって何よりだが、ひとりで動けず、話もできない孫に満足するなど、家令もそうだが侯爵自身もどこかおかしいのかもしれない。

動けないアイラの体力は日々奪われていく一方で、少し痩せたかもしれない。まともに食事もとれないくらいなのだから当然だが、少女じみたレースの多いドレスで隠れてわからないだろう。

このドレスが重すぎると思うくらいなのだから、そのうち寝たきりになってしまうのでは、と心配になる。

しかしそれでも、諦めないと決めている。

きっと、このままでは終わらない。

助けに来てくれる人がいると信じているからだ。

それでも夜、与えられた薬のせいでひとりうつらうつらとしていると、不安に包まれる。

夢と現を行ったり来たりしている気分だった。

夢では自由なのに、現では身体が動かず、混乱と恐怖がアイラを襲う。それでも、このまま諦めるのは嫌だと、奥歯を噛みしめて意識を保ち、必死に自分を取り戻そうとしていた。

それが功を奏したのか、同じことを繰り返して何度目かの時、目尻が濡れていることに気づいた。唇も、微かに震えるくらいだが動き始める。上掛けの中の指先も小さく動いた。

ルー。

微かに震える唇でアイラはそう囁いた。

いや、発しなければならない言葉は、この状況では「助けて」が正しいだろう。

しかし、アイラが口にしたいのは、唯一無二の存在で、誰よりもアイラのことを考え、大事にしてくれるルーカスのことなのだ。

もう一度呼べば、どこかに届くかもしれない。

いいや、無理だと、心の半分が死にそうになって、諦めろと言っている気がするが、もう半分はルーカスを求めてやまない。

アイラの人生を、すべてを救ってくれるのは、愛してくれるのは、ルーカスしかいないのだから。

ルー。

その時、頬に風を感じた。

この部屋で風が起こるなんて、と不思議に思う。

だが瞼が動いて、半分だけ開いた視界いっぱいに、ルーカスがいた。

「サフィ」

聞こえた声は、確かにルーカスのもので、聞き間違うことは絶対にない。

微かに動く唇で、ルーカスを呼んだ。

ルーカスはひとつ頷いて、上掛けを剝ぎ、アイラの身体を確かめると、背中と膝裏に手を入れて抱き上げた。

ふわりと浮遊感を覚えた。

感覚が、戻って来ている。

アイラは半分開いた瞼をもっと大きく開こうと必死になって、何度も瞼を動かした。思

う以上にゆっくりとした動きだったけれど、どうにかちゃんと目を開けてルーカスを見ることができた。

重いドレスを着た成人女性を抱えているというのに、身軽に動くルーカスは、アイラのいた部屋の窓を大きく開き、その縁へ足をかけた。

何をするの、と動くようになった目をアイラが大きく開いた瞬間、ルーカスは闇夜の外に飛び出した。

まだ声が戻っていなかったことにこれほど感謝したことはない。

アイラのいた部屋は二階だったのか、すぐに地上に到着したけれど。

いまだ思うように動かないアイラの身体の中で、心臓だけはどきーんどきーんと激しく動いている。

そんなアイラを抱いたまま、ルーカスは闇夜に紛れて逃げ去った。


アイラがオルコネン侯爵家の屋敷に戻った時、まだ夜は明けていなかった。

しかし屋敷には明かりが煌々と灯され、使用人たちも大勢起きていて、騎士団の者だろう人たちも隊服のままで集まっていた。

「奥様！」

ルーカスがアイラを抱えて戻ると、家令たちがほっとした顔で歓声を上げて出迎えてくれた。

その様子にアイラも安堵する。遅れてやって来たアハトも、アイラの顔を見て、目を細めた。

「――良かった、アイラ……」

心からほっとしたように微笑んでいるが、どこか強張った表情でもある。

どうしたのだろう、と思うがアイラはまだうまく声が出ないので、小さく口を動かした。

だが、アハトはそれを見て首を横に振る。

「まずはゆっくり休むといい。安心しなさい、我々が守るからな」

安心。

本当の祖父の口から聞いた時よりも、アハトの言葉のほうが心に響くのはどうしてだろう。

アイラは、大切な人たちに囲まれてようやくほっと息を吐くことができた。

「とりあえず、ベッドに。サフィ、俺はまだしなければならないことがあるから――」

ルーカスがすぐに寝室へ行き、柔らかなベッドに横たえてくれるが、まだアイラの身体は自由を取り戻せていない。

声を出そうとしても、喉が詰まったような喘ぎしか出ないのだ。

それでも、ゆっくりと指は動くようになったし、首も動くようになった。

少しずつだが、薬が抜けているようだ。もしかしたら、身体が慣れたのかもしれない、と思っていると、動かず話さないアイラの様子にルーカスとアハトが眉を寄せる。

「――サフィ、声が出ないんだな？」

「疲れているのではなくて、動けない、のか？」

首肯するアイラに、ルーカスの目が据わる。

「……そうか、待っていろ。すぐに終わらせてくるからな。爺様、サフィを頼んだぞ」

「わかった。心配はしていないが、気を付けろ」

ルーカスは不穏な気配を漂わせたまま、整った顔に笑みを浮かべて部屋を出て行った。どこに行くのかと、アイラは心配になったが、アハトは穏やかに笑う。

「安心して今は休みなさい。夜が明ける頃には片付いているだろう――」

「アハト様、よろしければ奥様のお着替えを……そのドレスのままでは、寛げないのではないかと」

アハトの後ろから、家令がメイドたちを連れて声をかけてくる。

アイラとしてもそれはありがたかった。

自分の趣味ではない重いドレスは、体力のなくなったアイラには苦しいものがある。

カルヴィネン侯爵家の家令は、アイラの気持ちには無頓着で、自分の主人がいつ見てもきちんとした令嬢でいるようにと、華やかなドレスをずっと着せていたのだ。

アイラが着替えを望んでいるとわかったアハトは、家令と共に部屋を出た。メイドたちによって人形のように着替えさせられることに不安がないわけではなかったけれど、すぐにそれは杞憂だとわかった。

　この屋敷のメイドたちは、人形を相手にしているのではない。アイラを気遣って、視線を何度も合わせながら着替えさせてくれる。

　彼女たちはアイラに対して不満があったはず。なのにこの態度の変化はいったい何があったのだろうと、内心、首を傾げながらも丁寧な仕事ぶりに、知らず強張っていた身体の力が抜けた。

「奥様、ご無事で、何よりでした」

　アイラを心地良い夜着に着替えさせて、上掛けをかけてから、そう声もかけてくれた。

　彼女たちの変化の理由はわからないが、これからの関係が悪くない方向へ進めばいいと思えるほどには、アイラは安心した。

　しばらくするとアハトが戻ってきて、「誰も部屋には入れないから眠りなさい」と言ってくれた。

　その言葉に、ルーカスはどこに行ったのだろう、と思いながらも、アイラは久しぶりに何も考えずに眠りに落ちた。


　アイラが次に目を覚ましたのは、もうすっかり陽が昇った頃だった。

　一瞬、どこにいるのかわからなくて焦りを感じたが、飾り気のない部屋がルーカスの部屋だとすぐにわかり、安心して身体から力を抜く。

正確な時間はわからないが、昼頃ではないかと感じられた。

ルーカスはどこに、と思わず顔を動かすと、ゆっくりだが動いた。

手と足にも意識を向けると、少しだが力が入る。ほっとしていると、部屋の扉がノックされた。

「——奥様、失礼します」

入って来たのは、家令とメイドだった。

アイラが首をそちらに向けて声を出そうとすると、慌てて止められる。

「どうぞそのままで。ルーカス様よりあずかった解毒剤をお持ちしましたので——これでずいぶん、楽になるはずです」

自分がなんの薬を飲んでいたのかわからないが、解毒剤を用意したのがルーカスだと言われるとなんの不安もなかった。

メイドに身体を起こしてもらい、ぬるま湯で溶かした粉薬を飲む。

一気には飲めなかったが、何度かにわけて飲み切ることができた。

飲み終わってもう一度横になると、心なしか楽になった気がする。

その様子に家令も安心したようで、笑みを見せた。

「奥様が服用された毒は、効果は一時的なものですが即効性がある上に強いもので、何度も飲んだために抜けるのに時間がかかるのではないか、と医師が言っておりました。ただ、中毒性のあるものではないとのことで、ご安心ください。それにルーカス様が、そんな薬を使うなら解毒剤も持っているはず、とあちらの家令を締め上げました。だからこの解毒剤は安心です」

締め上げる？

にこやかに話すその顔と言葉が一致せず、思わず思考が停止しかけたが、家令はふ、と視線を落とした。

「私はもちろん、オルコネン侯爵領の出ですので、争い事には慣れているのですが……現在のカルヴィネン侯爵家の惨状はまさに戦場そのもので……」

――何があったの!?

声が出ないことがここまでもどかしいと思ったことはない。問いただしたかったが、家令は表情を一変させて笑った。

「こちらにはもちろん怪我人はおりませんし、幸いにもあちらにも死人は出ておりません。ルーカス様のあの勢いだと更地になっていても不思議はなかったのですが、残念ながら大丈夫です」

いったい何が大丈夫なのか。

不安しかない家令の説明に、アイラは眉尻を下げて口を開く。

「る、……？」

どうにか声が出ないものかと思ったが、掠れたような音が出ただけで言葉にはならない。

しかし家令には通じたのか、深く頷いた。

「ルーカス様は今、海神騎士団へ状況の報告中でして。もうすぐ戻って来られるはずです」

どうして海神騎士団が出てくるのだろう、と思ったが、部屋の外が突然賑やかになり、家令が立ち上がった。

「戻って来られたのかもしれません。すぐにこちらへご案内いたします」

そう言ってメイドと一緒に部屋を出て行った。

動けないことがもどかしくて、焦りさえ覚えたが、そんなアイラの前にぱあっと明るい光が飛び込んできた。

「ただいま、サフィ。遅くなってごめん――」

ルーカスだった。

いっぱいに開いた扉から、廊下の光が射し込み、銀の髪に反射して、アイラに眩しいくらいの光をそそぐ。

「る、」

「サフィ、もう二度と、どこにもやらない」

ルーカスはすぐにアイラのそばまで来ると、ベッドから抱き上げて腕に抱いた。

その力強さに、アイラの視界が潤む。

腕の温もりに、戻ってきたのだと実感して、気持ちが溢れて涙が止まらなくなった。

「サフィ、約束を破って悪かった」

約束。

ずっとそばにいる、と言ってくれたのに、アイラを置いて行ってしまった。

それでも、迎えに、助けてくれると信じていた。

そしてその通りだった。

あの、不安と恐怖しかない屋敷から連れ出してくれた。

ルーカスの服がところどころ煤けたり汚れたりしているのが気になったけれど、無事でいてくれるなら、どうでもよかった。

守ってくれて、ありがとう。

アイラはそう思いながらルーカスにしがみ付いて、そして安心感からか、また眠りに落ちた。もう怖い夢は見ないだろうと思った。

＊

腕の中のアイラが眠ってしまったのを確認して、ルーカスはまたベッドに横たえる。

いったいどうしてアイラがこんな目に遭わなくてはならないのだと、怒りが再燃する。

「ルーカス」

屋敷を任せていたアハトが顔を覗かせ、ゆっくりと部屋に入り扉を閉めた。

ルーカスは帰ってすぐにアイラのもとへ飛んできたので、アハトとはまだ話をしていなかった。アハトは、ルーカスがアイラのそばを離れないだろうとわかっているから、静かに話せるように扉を閉めてくれたようだ。

寝室はアイラと並んで寝ても充分な広さのベッドと、簡易の椅子がローテーブルを挟んでふたつ置かれてあるだけの簡素なつくりだ。

その椅子に移動して、いまだ昂りが治まりきらないルーカスは、アイラに向けた柔らかな表情から一変し、険しい顔を見せた。

「ニコは、カルヴィネン侯爵家は――」

「一応屋敷は残っているし、侯爵は死んでいない」

「……そうか。お前が怪我をしたとは思っていないが、大丈夫だったんだな？」

当然、とばかりにルーカスは頷いた。

そこで昨夜アイラを助けに行ったところからの詳細を話した。

気配を消して動くことは、辺境騎士団にとってはたやすいことだった。

毎年、濃霧に紛れて現れる盗賊たちと戦っているのだ。殺気を出さずに動く方法は心得ている。

カルヴィネン侯爵家の警護に当たる海神騎士団の者たちに気づかれずに侵入するのも簡

単だった。

ただ、アイラのいる部屋がわからず、目星はつけつつも一部屋ずつ慎重に探っていったため、時間がかかった。

そうして見つけた部屋で、身動きひとつしない彼女の姿を見た時、ルーカスはすぐさま窓をかち割って押し入ろうとする自分を抑えなければならなかった。

深呼吸をして気持ちを抑え、静かに部屋に侵入し、アイラを抱きかかえる。

意識はあるようで、ルーカスを見て微かに表情を動かしたことに少しだけ心が落ち着いた。

オルコネン侯爵家の屋敷に連れ帰り、安全だと思える場所に寝かせたものの、元凶がいると思うとまったく心が休まらない。

アイラという人質も取り戻したことだし、ルーカスはこれで遠慮なくカルヴィネン侯爵邸を襲うことができる。

アハトにアイラを頼んだ後、ルーカスは屋敷を出て、自分の部下たちと共にもう一度カルヴィネン侯爵邸に向かった。

今度は真正面から堂々と入った。

石塀に囲まれた門を通った途端、私服姿の騎士たちが現れたが、眼中にない。

「団長、結構います」

「さっきより増えたかもしれませんね」

「奥様がいなくなったことに気づいたんじゃないでしょうか？」

ルーカスが連れて来たのは、自分の領民でもあり部下でもある辺境騎士団の三人だ。

王都に護衛として連れてきたのは五人で、アイラの警備も疎かにしたくはなかったからふたりは残して来た。

三人は暗闇から出てくる者たちを警戒しているが、ルーカスはその者たちを一瞥しただけで、カルヴィネン侯爵家の正面玄関だけを睨んだ。

「――知るか。全員殺れ」

「――いやいやいや、殺るのはまずいですよ！」

「そうですよ、あいつら、一応海神騎士団のやつらですよね？」

「近衛騎士も混ざってるのかもしれません――なおさら駄目ですよ」

「お前らがやらないなら俺がやる」

「だ、団長――!!」

腑抜けたことを言う部下に舌打ちして、ルーカスはおもむろに進路を変えて一番近くにいた男の襟首を掴み、そのまま殴り倒した。

「うぐ……っ」

「…………」

そのまま呻いて倒れた男に、ルーカスを止めようとしていた部下のひとりが動きを止めた。ルーカスも動きを止めて地面に倒れた男を見下ろした。

られたからだ。


「…………これ、本当に騎士だったか？」

その辺のゴロツキの間違いでは？

ルーカスが真面目な顔で訊いたのは、不意打ちではあったが、なんの抵抗もなくただ殴
られたからだ。

部下の視線も微妙なものだった。

「……えーと、どうなの？」

「え、俺に聞くな……本当は騎士じゃなかったり……あ、近衛騎士だったとか？」

「いやそれにしたって弱……っ」

驚きすぎて声量を抑えることを忘れた部下たちの声は、闇夜に充分響いたらしい。

はっきりとした殺気が周囲に立ち込め、ルーカスたちに向かってきた。

「――少しは手ごたえがあるといいが」

そうでなければ、慎重に計画を立ててアイラを救出した自分たちが馬鹿みたいだ。

そう思いながら、一気に混戦模様になった状況を楽しんでいたのは仕方がない。

辺境に生きる騎士団は、穏やかな田舎暮らしをしているようでいて、常に外部からの侵
略を警戒している。

濃霧の時期、盗賊が現れるのは通例のことだが、それ以外の季節でも辺境を抜けて鉱山
や王都への侵入を試みる輩は少なくない。

嬉々としてそいつらを相手しているのだから、辺境騎士団は好戦的な騎士ばかりだ。そ

の騎士たちを率いるルーカスが、多勢に無勢の状況を楽しまないはずはなかった。

「――うん、準備運動くらいにはなったな」

ルーカスがそう言ったのは、カルヴィネン侯爵邸を守っていた私服姿の騎士たちすべてが地面に倒れ伏した時だった。部下の三人も平然とした顔で自分たちがのした騎士たちを引きずって一か所にまとめている。

もちろん、屋敷や庭への配慮など考えていない。むしろ一緒に壊すつもりで相手を振り回して戦った。カルヴィネン侯爵邸の瀟洒な外装や窓はすでに割れていたが、ひと際頑丈なのか、無傷のまま残っている両開きの大きな玄関に近づいた。

「――あ、団長……っ」

ドガン、と音を立てたのは、玄関扉だ。

ルーカスを引き止める部下の声が聞こえた気がするが、ルーカスは何度も門前払いを食わされたこの扉が気に食わなかった。

行儀よくノッカーを叩いて誰かを呼び出すなど面倒で、ルーカスは一蹴りで玄関扉を破壊した。

玄関ホールは何度も来た時と同じ、煌びやかというより厳粛な雰囲気だったが、窓は半分以上割れて無残なことになっている。夜中も過ぎた時間だが、壁の燭台には火が灯され、充分明るく、その惨状がよく見えた。

ホールの奥に、家令のヴァロが立っていた。幾分、顔が青ざめているようにも見える。

ルーカスの襲来に気づいて、待っていたのかもしれない。

逃げ出さなかったことだけは褒めてやるべきか、と口端を歪めるように嗤った。

「――夜分失礼。こんな時間だが、どうしても言っておかないと気が済まないことがあってな」

「な――、なん、ですか、まさに失礼極まりないご訪問、辺境の方々は、貴族としての最低限の礼儀さえすでにお忘れになったようですな」

ヴァロは声も震わせながらも、気丈な態度でルーカスに向かってきた。

この屋敷の外で今さっき起こっていたことがわかっているだろうに。それでも威厳を保とうとする姿はなかなか肝が据わっていると思った。

それもそうか。そんなヤツでなかったら、あんなことができるはずがない。

ルーカスはヴァロの言動を認めながらも、冷ややかな視線を逸らすことはなかった。

「自分の妻が攫われていながら冷静にオハナシ合いをするのが貴族だと言うのなら、俺に爵位なんて必要ない」

「何を――なんてことを。それが、カルヴィネン侯爵家と肩を並べるオルコネン侯爵家のご当主のお言葉ですか!?　やはりアイラお嬢様はあなたのような野蛮人と田舎で暮らすことなどできません」

「――違う」

「え……」

「サフィはもう『お嬢様』ではない。俺の妻――オルコネン侯爵夫人だ。カルヴィネン侯爵とはなんの関係もない。耳障りな名前で呼ぶとその口を裂くぞ」

「ひ……っ」

じろりとルーカスが睨み殺気をぶつけると、ヴァロは一層顔を青ざめさせ、一歩下がった。

そこは廊下へ繋がる扉があり、無意識だろう、彼の手は取っ手を探して彷徨っていたが、逃げようとする自分に気づいたのか途中で取り繕うように姿勢を正した。

「その……っぅ、ごほっん、その、ような、脅しに屈しては崇高な主人であるカルヴィネン侯爵に申し開きができません。他家を訪問するには非常識な時間とご自覚がおありなら――」

「申し開きなど、もうできないだろ、お前は」

「――は？」

「いや、申し開くことばかりで今更なのか？」

「――何を言っておられるのです、か？」

先ほどとは違う様子で肩を揺らしたヴァロを、見下ろすようにして睨み据える。

「お前、サフィの母親を――カルヴィネン侯爵の娘を、見殺しにしたろう」

「――――」

息を呑み、顔色を紙のように白くさせたヴァロを見て、ルーカスは確信する。

普段は誰よりも冷静さを保っているようだが、ルーカスの異常な登場に調子を崩されっぱなしで、立て直すことができないのだろう。

ルーカスとしても、逃がすつもりはない。

「お前は、駆け落ちした娘を捜せと、カルヴィネン侯爵に言われ、なるほど優秀なんだろう、すぐに見つけた――だが、南の村で慎ましく暮らしていた時も、サフィの父親が死んだ時も、暮らしが立ち行かず、王都で貧しく母子で暮らしていた時も、お前は知らないふりをした。侯爵にも、見つからないと報告をして、母親が死んでから、ひとりになったサフィをようやく連れ戻しに行った――自分に都合の良い駒として」

「な……なん、何、を、馬鹿なことを……」

その狼狽えようが、ルーカスの言葉が真実だと言っているようなものだ。

カルヴィネン侯爵がアイラに見せる執着は、元々いなくなった娘に対するものだろう。

一度は勘当するほどの怒りを持ったとしても、本当に愛していれば、時間が経つにつれ心配のほうが勝るはずだ。捜そうとしないはずがない。そしてそれを、自分に忠実な使用人である家令に命じないはずもなかった。

癪ではあるが、海神騎士団のことを少しは優秀だと認めないこともない、とルーカスは思った。

辺境に知らないことはなくても、自分の行動範囲外の王都で調べ物をするには辺境騎士団の者たちは不慣れすぎる。

ルーカスの持っていた疑いを、真実に変えたのは彼らのお手柄だ。

ただ、騎士としての腕は鍛え直しが必要だろう、と外で転がっている者たちの不甲斐なさに呆れてもいた。

「こ、駒——駒などと、アイラお嬢様に対し、なんということを」

「誘拐して薬漬けにし監禁した者の言葉に、正当性などあるわけがない」

「何を……っ」

「実際にサフィの状態を見て言っているんだ。さぁ、まずは解毒剤を出せ。素直に出したら、半殺しくらいに留めておいてやる」

「な——」

「もうサフィは取り戻した。知っているんだろう？　だからお前は警備の騎士を増やした。まぁいくら増やしたところで屑だからな。意味はない——いや、もしかしてあれは警備ではなかったのか？　海神騎士の会合でもやっていたのか？　だったら申し訳なかったと謝るべきだな」

「だ、団長煽りまくってる……」

「馬鹿にしてるのか？　それとももしかすると真剣にそう思って……？」

「団長だからな、ありえる……」

玄関の入口で見張り役を務めている部下たちの囁きが聞こえたが無視しておいた。

ヴァロのほうは白い顔が今度は真っ赤になっている。

「っぱ、馬鹿にしないでもらいたい！　いくらオルコネン侯爵と言えどそのような――」

「サフィを傷つけることしかできない屑に、建前でも敬意など払えるか。それでなくてもここ数日大人しくしておいてやっただろうが」

「そもそも！　アイラお嬢様をそのような軽薄なお名前で呼ぶことが――」

「身寄りのない幼い子供を、大人の扱いやすい駒に、人形にしたお前が何を言っている。サフィの名前を呼ばせることも腹が立ってきた。そろそろ本題に入ろう――出て来たらどうだ？」

「何が――」

　ルーカスはヴァロの背後にある扉を睨み付けた。

　一瞬、意味がわからず目を瞬かせたヴァロの後ろで、ゆっくりとその扉が開く。

　そこに立って――いや、車輪の付いた椅子に座り、使用人に押されて出てきたのは、ヴァロの主人でありカルヴィネン侯爵のニコデムスだった。

「――だ、旦那様……！」

　カルヴィネン侯爵の顔色は悪く、その頬は強張っていた。

　それは体調の悪さからというより、ルーカスたちの会話を聞いていたからだろう。

「ヴァロ……お前は、まさかアイラに……私の孫に……アイラがずっと眠っていたのも、疲れなどではなく、お前が……」

「だ、旦那様！　お待ちください！　私は旦那様のために！」

「なんだと……」

「旦那様を裏切る者は許されません！　旦那様を悲しませる者も許されません！　私は、私どもは常に、旦那様のお心に沿うように努めて参りました！　だからこそ、旦那様のお心を傷つけたハンナマリお嬢様は罰を受けられたのです！　そしてハンナマリお嬢様の代わりに、アイラお嬢様が旦那様のお心を安らかにできるよう——」

「人形として扱った」

ヴァロの言葉の最後を、ルーカスは引き継いだ。

この家令は、狂っている。

いや、このカルヴィネン侯爵家の使用人すべてが、おかしくなっている。

盲目的に主人を敬愛し、己の信仰心を満たすために好き勝手に動く。だがカルヴィネン侯爵もその態度に満足していたのだから、これはこれでまとまっているのかもしれない。

しかしそれにアイラを巻き込むことは許されない。

ルーカスはヴァロとカルヴィネン侯爵を冷めた目で見据えた。

「サフィを傷つけた者たちを、俺は決して許さない。サフィは二度と、この屋敷にもカルヴィネン侯爵、お前にも近づくことはない」

カルヴィネン侯爵の顔色は今にも倒れそうなほどに青くなっていたが、こちらの言いたいことはしっかり理解したようだとわかり、ルーカスはくるりと踵を返した。

「ま——待て！　待てルーカス！」

狼狽えるカルヴィネン侯爵の声が後ろから聞こえたが、すべて無視をした。

アイラに会いたいと思った。

憂さ晴らしをするように誰かを痛めつけても、アイラが元気になるわけではない。

部下に「解毒剤を回収しろ」とだけ言って、ルーカスは先にカルヴィネン侯爵邸を出た。


その一部始終をアハトに説明すると、頭を抱えられた。

あまりの消耗ぶりに一応、「殺してはいない」と付け加えると、「その通りだが！」とすごい勢いで言い返された。

他にも何か言いたい様子だったが、言葉が出てこないようだったので、ルーカスは「寝る」と言い、アイラが眠る寝室からアハトを追い出した。

8章

アイラは、ルーカスがヴァロから奪ってきたという解毒剤を、全部で三回飲んだ。

ずっとうつらうつらしていたが、目が覚めるたびに飲ませてくれていたらしい。

そのおかげもあって、四回目に目を覚ました時は翌日の昼を過ぎていたが、これまでにないすっきりとした目覚めだった。

一週間ほとんど寝たきりだったこともあって起き上がる体力は削られていたものの、手足も動くし、助けを借りれば座ることもできた。

それに、声もなんとか出せる。

「サフィ……」

アイラが目覚めるのを、ずっとそばで待っていたのか、ルーカスがそこにいた。

アハトや家令から大まかに聞いてはいたが、いったい何をしたの、と問いただしたい気持ちはある。けれど、それらはすべてアイラのためだとわかっていた。

だからアイラは手を伸ばして、またぼさぼさ頭に戻っているルーカスに抱きついた。

「ルー、助けて、くれて、ありがと、う」

「……サフィ」

ルーカスも、アイラが無事であることを改めて確かめるようにしがみ付いてきた。

そのままふたりでベッドに転がる。

アイラの体力はまだ戻っておらず、もう少し寝ていたほうがいいのだが、ルーカスがくっ付いたまま離れなかったので、アイラもそのまま眠ることにした。

ひとりで寝るよりも、大きくて温かなものに包まれた眠りは恐ろしく心地良かった。

ああ、いつの間に、これに慣らされてしまったんだろう。

ひとり寝が寂しいと思うようになってしまっている。

アイラはもうどうしようもないと、幸福感に浸る自分を受け入れた。


そこから、自分ひとりで起きて動けるようになるまで、二日かかった。

その間も少しずつ身体を動かし、たくさん食べて体力を取り戻した。使用人として毎日身体を動かしていたおかげで、元々体力があるほうだったのも幸いし、周囲が思っていたより回復は早かった。

王都の雪は根雪になっているらしい。

屋敷の中は常に暖かくしてあるので気づかなかったが、辺境よりも寒いのだ。

街道が封鎖される前に、ルーカスは帰りたいと言う。

もちろん、アイラもそれに同意した。一番大事な用は済ませたし、王都にいるとまた余計なことに巻き込まれそうで落ち着かない。安心して自由に暮らせる辺境に帰りたかった。

帰路は大きな馬車を使い、アイラになるべく負担をかけないようにする、という計画を立てていた時、王宮から呼び出しがかかった。

今回カルヴィネン侯爵家が起こした騒動の後始末をするということらしかった。

正直、アイラはもうカルヴィネン侯爵に関わりたくなかったので、自分が助け出された後のあの家のことは聞きたくもなかった。

ルーカスも、あえて話すことはなかったので、もう終わったこととして放っておきたかったのだが、国王からの呼び出しとあれば、貴族として行かないわけにもいかない。

帰る気満々だったルーカスは、王宮のほうを睨みながら「いやだいやだいやだいやだ」と呪文のように繰り返している。こういう彼も懐かしいな、とアイラは思った。

ルーカスの隣では、どうやったら孫を動かせるか、とアハトが渋い顔をしている。

目を覚ましてからずっと、アイラはアハトから何度も謝られていた。今回のことは半分以上自分のせいだと思っているようだ。まさか付き合いの長い友人があそこまで愚かだったとはと、気づかなかった自分を責めているのだ。

アイラとしては、アハトには初対面の時からよくしてもらっているし、なんといってもルーカスの祖父で、家族なのだ。アイラを家族と言ってくれる以上、余計な気遣いをしてほしくはなかった。

　だからアハトがなにかを言う前に口を開いた。

「――いいですよ」

「…………!?」

　アイラの家族となったふたりの反応はまったく違った。

　困惑した様子のアハトに、裏切られた！　といった様子のルーカス。

　ルーカスを苛めたいわけではないのだと、アイラは宥めるように笑ってみせた。

「陛下に説明するだけでしょう？　カルヴィネン侯爵が自分に都合の良いように事実を変えないためにも、何があったか正確に伝えるべきだし。もしルーのしたことが咎められるのなら、私を助けるためにしてくれたことだとはっきり伝えないと……」

「報告書はすでに提出している！」

「でも、あのカルヴィネン侯爵のことだから、裏で手を回してルーに罪をなすりつけないとも言い切れないし……」

「俺に何かあっても全部跳ね返すだけだ！　それよりサフィに何かあったら――」

「私に何かされても、ルーが守ってくれるでしょう？」

「――――！」

　にこりと笑って信頼感を示すと、ルーカスは一瞬声を失くしたが、全力で宣言する。

「サフィに手を出すやつは倍返しだ！」

ならば、大丈夫だろう。

微笑むアイラの向こうで、アハトが「すでにアイラの尻に敷かれているな……」と呟いていたが、アイラはただ、思うことを言っているだけだ。

ルーは、絶対に、私を離さないだろう。

少し怖い気もするが、どこにも居場所がなかったアイラにとって、それは一番大事なことだった。


王宮に行くというので、アイラはまたドレスを着替え、ルーカスも身なりを整え、馬車に乗り、雪のちらつくネバダ山脈の中腹へ向かった。

王都の馬車道のおおよそは、山の傾斜を利用して温水が流れていて、雪が降ってもなかなか積もらないようになっている。

王宮に着くと、そのまま宮廷のほうまで案内され、前回来た時と同じように他の貴族からの視線を感じながら用意された部屋に入った。

「――よく来たな」

そこにすでに国王が待っていて、アイラは驚いた。

部屋は小さな会議室のようで、落ち着いた色合いの調度品に囲まれ、真ん中には十人ほどが座れる楕円形のテーブルがあり、一番奥に国王が座っていた。その背後には、以前も見たことのある貴族が三人ほど控えるようにして立っていた。

前回の謁見の時にもいた人たちだ、と思いながら視線を移すと、国王から三つ離れた席にカルヴィネン侯爵の姿を見つけ、びくりと肩が震えてしまった。

以前よりも青ざめ、さらに痩せたのではと思うほど弱々しい姿だった。

「――アイラ」

掠れた声でアイラを呼ぶカルヴィネン侯爵は、立ち上がる力もないのか痩せた手を伸ばすが、アイラの視界を塞ぐようにルーカスが一歩前に出たため、それ以降の声は聞こえなかった。

「短期間に二度も拝謁の機会を賜り恐悦至極に存じます。このたびは些末なことで陛下のお手を煩わせてしまい――」

「いや、面倒な気遣いなど無用だ。呼び出したのはこちらであるし、事の詳細をはっきりさせるためにもこの場では気楽に話してもらいたい」

ルーカスが以前と同じように頭を下げて、まずは謝罪を口にしようとするが、国王に止められた。

前回謁見した時、畏まった話し方ができるルーカスに正直驚いたが、それは本当に敬服しているわけではなく、飾った言葉を使って嘲っているのだと気づいた。当然相手も気づいているのだろう。

許しを得た途端、ルーカスは取り繕うのをやめ、すぐさま頭を上げると、鋭い視線を国王へ向けた。

「ではそのように。──それで、いったい俺たちになんの用が？」

──気楽を通り越して無礼の域になってる！

アイラはいつも通りのルーカスの態度に、せめてもう少し敬う姿勢を取れないのかとハラハラしたものの、顔を引きつらせた若い国王は注意しようとした部下たちを手で制した。

「よい──」

「その老害のしでかしたことはすべて報告書に記した通りだが、まだ何か？」

「ろ、ろうがい……」

「さすがに、無礼が過ぎるぞオルコネン侯爵！」

暴言を吐くルーカスに国王は驚き、カルヴィネン侯爵は青ざめ、控えていた貴族のひとりが叱責する。

しかしルーカスがそれに怯むことはない。

「無礼？　人の妻を誘拐し、監禁しておきながら、このような場所でまた顔を見せる厚顔な老害に対して、いったい何が無礼にあたると？」

「────」

低いルーカスの声に、暖かくしてあるはずの部屋の温度がすっと下がった気がした。それを感じたのはアイラだけではないだろう。

確かに、実際に被害にあったアイラとしては、ルーカスに同意したい気持ちでいっぱいだったが、このままでは話はまったく前に進まない気がして、そっとルーカスの袖を引っ張った。

「……ルー、ちょっと落ち着いて――」

「アイラ」

小さな声でルーカスに囁いたつもりだったが、それを聞き付けたカルヴィネン侯爵がはっとした顔でアイラを呼んだ。

「――アイラ、すまなかった。私は――私は知らなかったのだ。ヴァロがお前にあんなひどいことをしていたとは。私は、娘を勘当したのをずっと後悔していて、ハンナマリにはもう会えないとわかってから、代わりに残してくれたお前をハンナマリ以上に大事にしてやらねばと決意して」

「決意してやったことが監禁か？　幼いサフィへの虐待も俺は許していない」

やつれた身体でどこからそんな力が、と思うくらい必死に言葉を紡ぐカルヴィネン侯爵を、ルーカスが容赦なく追い詰める。

カルヴィネン侯爵は、一瞬、痛みを感じたように顔を顰めたが、まだ侯爵としての矜持を残しているのか、ルーカスを強く睨んだ。

「ヴァロが、私の使用人がそんなことをしていると知っていたなら、すぐにでもやめさせた。助けてやれなかったことは悔やんでも悔やみきれぬ。しかしあ奴らは巧妙に私に隠し続け、私を欺いていたのだ！」

カルヴィネン侯爵は、どん、と拳でテーブルを叩き、怒りをぶつけた。

だがその怒りに、アイラの心の奥がざわめいた。

それが、謝罪になるというのか、アイラが喜ぶとでも思っているのか、と口を開きかけた瞬間、ばん！　と大きな音を立てて扉が開いた。

沈黙して傍観者のようになってはいるが、この部屋には今、国王がいる。さらに、侯爵家の当主がふたり。それに、低くない位を持っているだろう国王の取り巻きの貴族。

そんな部屋にノックも断りもなく、突然扉を開けて踏み込んできた者に警戒しないほうがおかしい。ルーカスが咄嗟にアイラを自分の背後に隠したが、闖入者の顔はしっかりと見えた。

そして高い声もはっきり聞こえた。

「――――アレ、お前！」

アイラをそう呼ぶ者は多くない。

アイラの叔母一家であるキルッカ男爵夫妻とその娘のライラだ。

そして、場所も考えずに乗り込んできたのは、輝く金色の髪とその美貌が社交界でも評判のライラだった。

「ラ……」

「ああ、やっぱりいらっしゃったわ！　アレ、お前はいったい何をしていたの？　彼が来るならもっと早くに教えなさいよ！」

いったい何をと従妹に聞く前に、こんな時でも煌びやかなドレスで自分を綺麗に見せることを忘れないライラを見て、ある意味すごいとアイラは思った。

しかし、彼女には状況を理解する力がまったくないということも思い知らされ、頭を抱えたくなる。

「ルーカス様を独り占めするなんて！　ずるいじゃない！　ひどいわ！」

「ら……ライラ」

アイラは、この状況がまったく見えていないライラが、いっそ憐れになり、思わず声をかけたが、ライラはその綺麗な顔を歪めるばかりだ。

「何を勝手に私を呼び捨てにしているの？　誰がそんなことを許したの？　ライラお嬢様！　でしょ！」

「……えっと」

瞬間、部屋の温度がさらに下がったと感じたのはアイラだけではないはずだ。

冷気を発しているのは、誰でもない、アイラのすぐ隣にいるルーカスだ。黙ったまま動かないが、このまま放置していれば今よりもひどい状況になりそうだと感じて、アイラはどうにかして従妹の口を閉じさせねばと必死に頭を働かせた。

だがルーカスよりも先に怒りを爆発させたのは、カルヴィネン侯爵だった。

「――ライラ!!　お前は、アイラに向かってなんて口を利いている!?」

「え……っ、あ、やだ、おじい様……!?　どうしてここに」

「お前に祖父と呼ばれる筋合いはない！」

カルヴィネン侯爵の存在に気づくなり、ライラは顔色を変え、はっきりと狼狽えたものの、相手はさらに怒声を発した。

「そもそも、お前などと……！　アレとはなんだ!?　私の大事な孫娘に対しその態度、言葉遣いはなんだ！」

ひとりで立てないほど弱っているはずなのに、怒りで我を忘れているのか、カルヴィネン侯爵がライラに説教を始める。その時、ライラを追いかけてきたのだろう、彼女の両親であるキルッカ男爵夫妻が姿を見せた。

「お、お父様……」

「カルヴィネン侯爵？」

ライラを追いかけてきたのに、そこにカルヴィネン侯爵がいて戸惑った様子の夫妻に、カルヴィネン侯爵の怒りの矛先が変わった。

「――そもそも！　そもそもお前たちがアイラにしたことを私は許しておらん！　大事なハンナマリの娘を、こともあろうに使用人扱いなどと！　年の近い娘が一緒にいたほうが教育に良いなどと言ってアイラを奪っておいて、それどころか勝手に辺境に嫁がせるなど誰が許可を出した！　お前たちのしたことは陛下にも報告済みである。爵位を取り上げ処分が決まるまで屋敷で蟄居と命じたはずだ！」

「お、お父様……っ」

「こ、侯爵、それは、その……！」

「言い訳など聞きたくもない！　その厚顔な娘を連れてここから去れ！　二度とアイラの前に姿を見せるな！」

怒鳴るカルヴィネン侯爵に、キルッカ男爵夫妻は子供の様に怯えを見せた。ライラはといえば、赤子の様に泣き出しそうになっている。

その様子を見て、アイラは自分の中でどんよりと渦巻いていた何かが、ぎゅうと固まって細くなり、ぷつん、と切れるのを感じた。

「サフィ？」

アイラの様子にいち早く気づいたのは、ルーカスだ。

その場にいる誰もがカルヴィネン侯爵たちに注目していたのに、ルーカスだけはアイラしか見ていないようだった。

「――――っ」

「サフィ、ゆっくり息をして、落ち着くんだ」

声を出そうとするが、しゃっくりが治まらない時のように呼吸が浅く苦しい。心臓も激しく動いていないようでいて、止まったようにも感じる。

ルーカスはそんなアイラの背中に手を当てて優しく宥めてくれた。

その手の温かさと気遣いの声に励まされ、アイラは深く息を吐き出す。

「――アイラ？　どうした？　この目障りな者たちはすぐにいなくなるから、安心しなさい」

　ルーカスの声に、カルヴィネン侯爵もアイラの変化に気づいたのか、先ほどの怒鳴り声とは違う、優しい声で告げてくる。

　アイラは目を閉じて大きく息を吸い、ゆっくりと吐き出しながら目を開いた。

　そしてカルヴィネン侯爵を見つめる。

「――それは、あなたが言っていいことではないはずです、カルヴィネン侯爵様」

「ア、アイラ？　どう……」

「カルヴィネン侯爵様、あなたは私に初めて会った時、自分を祖父と呼ぶように、とおっしゃいました」

「それはそうだろう？　変な気遣いなどせず、今でも祖父と呼んで――」

「では、ライラは？」

「何？」

「どうしてライラには、同じように祖父と呼ぶことを許さないのですか？　ライラも同じ、あなたの孫なのに」

　冷静な声が出ている。アイラは自分が落ち着いていることに安心した。

　それは、すぐそばにいるルーカスが手を握ってくれているからでもあるとわかっている。

　アイラの指摘を受け、そのことにたった今気づいたかのようにカルヴィネン侯爵が狼狽えていた。

「そ、それは、ライラはキルッカ男爵家の娘で」

「私もラコマー家の娘です。私は一度だって、カルヴィネン侯爵家の者になったことはありません」

「な、何を！　お前はハンナマリの娘！　私の孫だぞ!?」

「ライラだってカルヴィネン侯爵様の娘であるアンティア叔母様の娘、あなたの孫です」

「アンティアはキルッカ男爵に嫁いだ――」

「昔から、ずっと気になっていたんです。どうして――あなたは自分の娘を、私の母、ハンナマリだけのように言うのか。アンティア叔母様も私の母と同じ母を持つ娘であるはずなのに。何が違うんですか？」

　アイラの問いに、カルヴィネン侯爵は車輪の付いた椅子に座ったまま、動く場所を探すかのように視線を彷徨わせ、キルッカ男爵たちを見てまた視線を外した。

「それは……アンティアは私に似たが、ハンナマリは妻に、お前の祖母によく似ていて――」

「それだけですか？」

「そ……っ」

「まさか、顔がどちらに似ているか、それだけで姉妹に差を？　それが、叔母様たちが私にした仕打ちの原因になっているとは考えもしないで？」

「まさか――」

驚いたのはカルヴィネン侯爵だけで、その娘であるアンティアは苦しそうに顔を歪めていた。

アイラへの仕打ちは、そもそもアンティアの嫌がらせから始まり、それを見てライラも真似し始めたのだ。

「アンティアたちがお前にそんなことをしていると、知らなかったんだ。知っていたら――」

「それも」

「え?」

「知らなかった、とおっしゃいますが」

「アイラ、何を……」

「知らなかったのではなく、知ろうとしなかった、の間違いでは? アンティア叔母様たちのことも、あなたの家令であるヴァロたちのしていたことも。いつも自分の都合の良いように解釈して、知ろうとしなかった。気づかなかった。ヴァロたちは、本当にカルヴィネン侯爵様のことをよく知っていて、私をどう着飾れば、どう行動させればあなたが満足するかよく知っていました」

結果として、アイラは人形にされた。

あの時のことを思い出すだけで、アイラは心の奥が冷えたように感じる。

痛みを堪えるように顔を顰めると、ぎゅう、と手に力が入れられて、温もりを感じた。

ルー。

いつでもどこにいても自分がもうひとりではないと教えてくれる。

彼の気持ちに後押しされて、アイラは続けた。

「私は、ライラが羨ましいとも思っていました。少なくとも、キルッカ男爵たちは、ライラの好みを知っていて、自由を与えて好きなものを着させていました。カルヴィネン侯爵様、あんなゴテゴテした重いだけのドレスを私が好んで着ていたと本当に思っていたんですか？　あなたの隣に座って、しゃべることも動くことも許されなかったのを私が喜んでいたと本当に思っていたんですか？　あなたはただ、母そっくりの人形がそこに座っていることに満足していただけでしょう」

「――――」

カルヴィネン侯爵に声はない。

アイラの言葉を理解しているのかいないのかわからないが、アイラは心の底にずっと重石のように残っていた気持ちを吐き出して、すっきりしたかった。

「私はキルッカ男爵家に引き取られたことを感謝しています。どんな扱いだって、人形のようにされるよりはましでした。それに私は家のことをするのも人の世話をするのも好きです。使用人扱いでも、嫌な仕事ではなかった。カルヴィネン侯爵邸から出られたことが、私は本当に嬉しかったのです。あなたに――」

アイラは呆然とした様子のカルヴィネン侯爵を、まっすぐに見つめた。

「あなたに、キルッカ男爵家のことを責める資格はありません。すべて、あなたが引き起こしたことです」

カルヴィネン侯爵は驚きに目を見開き、座っていなければ床に崩れ落ちそうなほど力を失くしているようだった。

自分にこれほど言いたいことが溜まっていたとは思わなかった。吐き出してから気づいた。

だが、後悔はしていない。

「――あー、アイラ嬢？」

アイラが言い切った後、しばらく続いた沈黙を破ったのは、まるで飾り物のように座っていた国王だった。

部屋にいる全員が、そういえばそこにいたのだった、と思ったかもしれない。

国王は、ぎこちない動きで手を上げた。

「その、そのくらいに……カルヴィネン侯がそろそろ灰になりそうだ」

「――言いたいことは、すべて申し上げました。御前にもかかわらず、失礼いたしました」

アイラが綺麗にカーテシーをすると複雑な顔をした国王が口を開く。

「いや、その……では問題はないな？　そもそも、今日あなた方をここへ呼び出したのは、カルヴィネン侯との確執をはっきりさせるためでもあった。――はっきりしたようだから、うん、それはいい。それは置いといて、カルヴィネン侯が先般そなたにしでかした罪を明らかにし、罰を決めようと思っていたのだが――」

「何も」

「ん？」

「何も求めません、陛下――できれば、二度と、私たちに関わってほしくないだけです」

アイラがはっきり言うと、国王はアイラたちのほうを見ないように視線を彷徨わせたまま頷いた。

「そ、そうか。であれば、私としても問題は、ない。その隣の夫を連れてもど――」

「陛下!!」

はっきりと、高い声が国王の声を遮った。

これですべてが終わると思っていたのに何事だ、と全員が声のほうを向くと、拗ねた子供のような顔をしたライラが両手を握りしめていた。

「待ってくださいませ、陛下！　どうしてですの？　オルコネン侯爵の妻は私と選んでくださったのでは!?　どうしてアレがルーカス様と一緒のままなのです!?」

「あー……？」

ライラの言い分に、さすがに国王も顔を顰めていた。

国王も、ライラがアイラをオルコネン侯爵領に置き去りにしたことや、どうしてアイラがルーカスの妻になっているか、そのいきさつを、すでに知っているのだろう。

辺境へ嫁いだはずのライラが、王都の社交界で遊んでいたのだから隠しようもないことだったのだが、ライラに常識は通じないようだ。

「ラ、ライラ――」

さすがに可愛い娘でも、国王に対して不敬すぎると青くなったキルッカ男爵が止めようとするが、それで止まるようなライラではない。

「アレは、ルーカス様を私のために王都につなぎ止めていただけです！　私が正式なルーカス様の妻です！」

また一段と、部屋の空気冷えた気がした。

アイラはその原因である隣の男をちらりと見て、表情のない整った顔は本当に怖いものだとつくづく思った。

国王も同じように感じたようだ。

「――ルーカス・オルコネン侯の妻は、アイラである」

「どうして――」

「ルーカス・オルコネン侯がそう望んだからだ」

ライラの問いを遮るように、国王は早口で答えた。

それ以上の答えなど他にないと言わんばかりの早さだった。

「陛下……」

その答えに呆れ声で咎めた背後の部下に、国王はぐるりと振り返る。

「だってお前怖くないの!?　めちゃくちゃ怖いじゃん！　熊なくても怖いじゃん！　お前代わりに前に出ろよ俺を隠せよ！」

「陛下……」

部下たちは今度はため息交じりに呟いた。

――陛下もやっぱり、ルーに怯えていたのね……。

ともかく、自国の王を、本来なら間近で声を交わすことすら恐れ多い相手を、これ以上怯えさせるのは忍びないと、アイラは握ったままの手を引いてルーカスの意識を自分に向けさせる。

「ルー？」

「……なんだサフィ」

アイラに顔を向けたルーカスに、怒りはない。子供の様に少し拗ねた表情があるだけだ。

そんな顔を可愛いと思ってしまう自分に、アイラは笑ってしまう。

「ちょっとアレ！　勝手にルーカス様を取らないで！　お前は私の使用人でしょ!?」

ライラの癇癪（かんしゃく）が、またアイラに向けられた。

国王に対してさえ遠慮も何もなかったライラだ。いまだ使用人だと思っているアイラを気遣うはずもない。

そんなライラをやはり憐れに感じた。

「ライラ――」

「お嬢様が抜けてる！　お前は私の使用人でしょ？　私のために働くのが使命でしょ!?　私の世話をするのが好きなんでしょ？　じゃなきゃあんなに完璧に私に仕えることなんて――」

「仕事です」

「――え」

ライラの言動は、本当に子供が駄々を捏ねているようだった。

自分の考えが間違っていないことを、親に確かめるような幼いものだ。

しかしながら、ライラはもう子供ではない。

社交界でわがままいっぱいに甘やかされ、好き勝手できていても、もう子供ではないのだ。

ルーカスも時折拗ねたような言動を取るが、彼は自分が大人であることをわかっているし、心の幼い部分は大事な人にしか見せない。そう思うと、彼の幼さを知るアイラは嬉しくなる。

アイラはもう一度、ライラを見据えてはっきりと言った。

「仕事でしたので。あなたに仕えるのは、なかなかやりがいのある仕事でした」

「――えっ」

まるで見当違いの言葉を耳にしたという様子で驚いているライラに、アイラは笑った。

「今は、もっとやりがいのあるお仕事をいただいていて、なおかつ、家族までできたので

――そちらの仕事には興味がないのですよ」

ライラの綺麗な顔から、表情が消えた。

そこからは早かった。

ライラは気まずそうなキルッカ男爵夫妻に回収され、灰になりそうなカルヴィネン侯爵は国王の部下がどこかへ連れて行き、アイラはルーカスと一緒に、まだびくびく怯えている国王の前から立ち去った。

「もう無理して王都に来なくてもよいぞ！　辺境で頑張ってくれれば！」

「お心遣い痛み入ります」

とルーカスが頷くと、国王は誰よりもほっと、安心した顔になっていた。

その後、オルコネン侯爵家の別邸に戻ったルーカスは、さっそく辺境に戻る準備を始めた。

すぐにでも出発しようとするルーカスを、こんな中途半端な時間からでは動きづらいとアハトたちが止め、翌朝までずらすことができた。

アイラは堅苦しいドレスを脱ぎ、用意された浴室で湯浴みをして、もう休みなさいとアハトに勧められて寝室に入り、息を吐いた。

――よく考えれば、私、今日すごく無礼なことをしたのではないかしら……？

アイラは自分の言動を思い直し、今更ながらに背筋がぞっとした。

しかしどんな罰も受けなかったのは、隣にルーカスがいたからだろう。

この国で誰よりも偉いはずの若い国王の怯えた姿を思い出し、思わず笑みが込み上げる。

「何が面白いんだ？」

いつの間に部屋に入って来たのか、こちらも湯上がりのルーカスが髪の毛を適当にひとつにくくっただけで立っていた。

アイラはその姿を見て、また笑う。

「ルーがいてくれて、本当によかった、と思って」

「俺がサフィのそばにいるのは、当然だろう？」

「その当然になるまで、ずいぶん時間がかかったようだけど」

アイラが言うと、子供の頃に勝手にいなくなったことを思い出したのか、気まずそうにするルーカスにまた笑った。

「でも、私を助けてくれるのは、ルーだけだって、知ってるから」

「その通りだ。もう誰にも渡さないし、どこにもやらない」

ルーカスはそう宣言し、アイラの手を取ると、やすやすとベッドに転がして覆いかぶさった。

びっくりしたものの、アイラはその重みに笑みを深める。

広い背中にどうにか手を回し、温もりを確かめた。

「――どこにもやらないで、ずっとそばにいて」

「――――」

この状況で言うべき言葉ではなかったかもしれないと、ふと思ったが後の祭りだ。

怖いくらいに真面目な顔をしたルーカスに、まるで食べられるように唇を奪われた。

「サフィ」

「ル……」

しかし身体はそれを拒んではいない。アイラはもうルーカスから離れられないのだと悟った。


ずるりと長いものが自分の中から抜け出ていく感覚に、もう一度腰が浮きそうになった。

唇を噛むようにして声を抑え、ベッドにうつ伏せに転がったまま呼吸をどうにか落ち着けようとする。

「……あっ」

なのに後ろから、お尻の上についばむような感覚がして震えた。

アイラは火照った顔をどうすることもできないまま、首を回して肩越しに睨む。

こんなことをするのは、他の誰でもない、ルーカスだ。

騎士の訓練以外ではほとんど引きこもっているのに、思った以上に鍛えられた身体を持つ彼は今、それを惜しげもなく晒している。まるで見せつけているようだ。

ルーカスの手はそのまま太ももの間に割り込み、濡れた秘所を探ろうとする。

「ん……っそれ、んっ」

「嫌か？」

嫌かどうかで訊かれたら、嫌ではない。けれど、感じすぎてしまうから駄目だと言いたい。

しかし、アイラが何を考えているかなどお見通し、といったルーカスの不遜な笑みを見て、むっと睨み付ける。

「……こんな、ことばかりしてたら、ばかになっちゃう」

ルーカスはアイラの言葉にきょとんと、まるで子供の様に目を瞬かせた。その表情が可愛いと思ってしまう。

「俺が馬鹿になると思うか？」

「…………」

大真面目に聞き返してきたルーカスに、アイラはなんとも答えられなかった。

騎士の訓練は毎日欠かさず、サボった分の仕事も他の人の何倍もの速さで終えてしまう。さらに誰を前にしても、堂々とした態度でいられるようになったとあっては、向かうところ敵無しだ。

アハトたちから聞いた話では、ルーカスにはできないことはないらしい。

そんなルーカスが馬鹿になるか？

答えは「ならない」の一択なのだろうが、子供の様に仕事から逃げ回ったり駄々を捏ねたりする姿を見てしまっているアイラとしては、絶対にならないとも言い切れない。

「俺は馬鹿ではない」

自分でそう言い切ったルーカスに、どうしたのかとアイラが思った瞬間、後ろから抱え起こされて、ベッドの上に座らされた。全裸のルーカスと向かい合う形になって、アイラは羞恥心を抑えきれず視線を逸らす。

ルーカスは全裸でもまったく気にしないのか、真面目な顔でアイラに話し始めた。

「言われたことは覚えているし、やったことも覚えている。されたことも絶対に忘れはしない」

「…………」

記憶力が良いと褒めるべきなのか悩む。

だがルーカスの言いたいところはそこではないらしい。

「言われてないことも覚えている」

「……………？」

どういう意味だろう、とアイラはそこでようやくルーカスに顔を向けた。

真面目な視線にぶつかって、思った以上に胸がどきり、と跳ねる。

「俺はサフィに求婚した。二度だ。一度目は振られた。ショックで家に帰ったくらい辛かった」

「……ショックで家に」

突然アイラの前からいなくなった理由は納得できた。

アイラとしては、まだ五つになった頃のことだ。五つの子供に、本気の求婚の意味など理解できるはずもない。だからそう言われても、呆れるしかないのが正直なところだ。アイラだって、毎日一緒にいて、仲が良いと思っていた相手が突然消えて驚いたし、悲しかったのだ。

「サフィを忘れたわけではなかったが、父親がいるから結婚できないのなら、いなくなるまで待とうと思って辺境にこもってずっと過ごしていた」

その思考は極端すぎやしないか。

五つの子供が大好きな父親と結婚したいなどと言うのはよくあることで、大きくなればそんなことはできるはずがないと理解する。嫌いになるという意味ではなく、愛情はそのままに、気持ちが変化するということだが、ルーカスにそんな変化は理解できないのかもしれない。

馬鹿ではない、と言っているが、そのあたりが馬鹿なのかもしれない、とアイラは思う。

「爺様に毎日しごかれて領主になれと言われて仕事までさせられてすごく嫌だったけど、王都にいる時より人に会わずに済んだし、嫌な時は隠れていれば大丈夫だった」

私、何を聞かされているんだろう、とアイラは思った。

「騎士団の仕事は嫌ではない。知らないやつと会うわけでもないし、やりたくないことをやらされるわけでもないからな」

「……よかったね？」

アイラとしてはそんな相槌を打つしかないくらい、この話の終着点が見えなかった。

「だがそんなことはどうでもいい。結果として今、サフィと会えて結婚して一緒にいられるんだから」

「――」

それはそうかも、とアイラも頷いた。

ルーカスと別れてから、楽しいことばかりだったというわけではない。むしろ嫌なことが多すぎて、その中で自分の居場所を必死で探していた。

辺境では、やりたいことがたくさんあってアイラは楽しくてならなかった。

そこにルーカスがいるのなら、もっと楽しいだろう。そう心から思ったが、ルーカスの黒い瞳は一層強くアイラを見ている。

「俺はアイラに求婚した」

「――はい」

「好きだと言った」

「――うん」

恥ずかしくなって視線が下がる。

「だが、言われていない」

「え？」

思わず、ルーカスを見る。

いつになく真剣な顔だった。

「俺は、サフィからの、気持ちを聞いたことがない」

「────」

確かに。

言ったことはないかも、とアイラは思い出した。

ルーカスは眉を寄せ、心配そうに顔を歪めた。整った顔はそんな表情でも綺麗なんだな、と関係ないことを思ってしまう。

「………もしかして、もしかしてだが、本当にもしかするとだが」

「……ルー？」

「サフィは、俺が、好きではない……？」

びっくりした。

アイラは予想外のことを聞かれて、本当に驚いた。

いつも自信満々で、国王にすら遠慮することなく自分の意思を押し通すような人が、不安いっぱいの顔でアイラを窺っている。

しかしよく考えれば、人が嫌いで、できればいつも引きこもっていたいような人なのだ。

他人の気持ちがわからなくて不安になるのも当然かもしれない。

「──言ってなかったかも」

「――聞いてない」

拗ねた顔になるルーカスが可愛くて、思わずまた笑ってしまった。

「自分の気持ちは決まっていたし、知ってるんだと思ってたわ」

「――聞いてない」

記憶力のいいルーカスが言うのだから、確かなのだろう。

アイラは改めて言うとなると気恥ずかしくて視線を外してしまったが、ここで言わなければこの先もずっと責められそうな気がして、一度呼吸を落ち着けてから口を開いた。

「……好き」

「もう一回」

「好き」

「もう一回」

「好き？」

「まだ」

「もう、大好き！」

「まだ！」

「しつこい⁉」

繰り返すルーカスに、顔が赤くなるのを我慢して答えていたけれど、アイラの我慢にも限界がある。

思わず彼から逃げ出そうと身を翻す。何度も告白したせいで心臓が耐えられなくなったせいだ。

しかしルーカスはそんなアイラの身体を素早く捕まえた。

騎士でもあるルーカスに勝てるとは思っていないが、後ろから抱きしめられて胡坐(あぐら)を掻いた上に座らされ、あまりに収まりがよくて身体を強張らせた。

「サフィ、愛してる」

「――――!!」

ルーカスは、アイラを殺すつもりかもしれない。

耳に直接送り込まれた声に、自分で告白する以上の衝撃を心臓に受けて、爆発してしまうかと思った。

全身が発火したように熱くなったところを、ルーカスは後ろから拘束し、片手を秘所へと伸ばす。そして濡れた陰唇をなぞって開き、少し持ち上げて浮かせた身体を、勃ち上がった陰茎に導いた。

「ん、ん――……っ!」

ぬぷりと埋まっていく感覚は、何度与えられてもすぐに達してしまいそうになる。

一番深くまで貫かれると、それを確かめるようにルーカスの指が割れた膣口を自分の陰茎の形に沿ってなぞる。

「ん、あ、あっン」

「サフィ」

膝裏を後ろから取られ、脚を開かされたはしたない格好をさせられていることを思うと、恥ずかしすぎてアイラはもうルーカスを見ることができないかもしれない。

しかしすでに思考は鈍くなり、上下に激しく揺さぶられ、快感を追いかけるのに夢中で、理性など薄く残るだけだ。

「このまま、逃げられないように、ずっと貫いていたい」

「んっ、ン、ンッ」

「サフィがいないと、俺は全然安心できないから、このまま閉じ込めてしまいたい」

ああ、檻を使おう。

ルーカスの浮かれたような声が聞こえたけれど、強い抽挿に振り回された状態では、まともに考えることができない。

「んあ、あっ、あん、る、るぅ、るうっ」

「ああ、イきそうだ。全部サフィの中で出してやる。逃げられないように、俺のそばからいなくならないように、全部、俺を、ずっと感じるように……っ！」

「る、るぅ、あ、あっ、あぁぁ――――！」

最奥に強く打ち付けられた衝撃で、アイラはもう何度目かわからない高みへ昇らされた。

逃げられるはずもないのに、さらに拘束しようと、ルーカスは後ろから強くアイラを抱きしめた。

びくびくと震えの治まらない身体でアイラはルーカスのすべてを受け止める。

アイラは、優しい愛撫の手に撫でられながら、意識を飛ばす前に、とても嬉しそうなルーカスの声を聞いた。

「――離れに移動だ。いや、檻を移設しようかな……」

その言葉の意味することがどれほど恐ろしいことか、アイラが知るのは意識が戻ってからになる。

とりあえず今は何も考えず、快感による痺れと、愛されているという幸せな実感に包まれていたかった。

終章

アイラたちは、往路の倍の時間をかけて、辺境――オルコネン侯爵領に戻って来た。

体力には自信があったのだが、さらに体力を持て余していた騎士の夫に、馬車が止まるたびに求められ、朦朧としたままの移動は疲労感が半端でなかった。

屋敷に着いた時はほとんど意識がなかった。久しぶりに家令の老騎士ヘンリクを見てほっとしたのは覚えているが、安心してまた深く眠ってしまっていた。

充分な睡眠をとり、目を覚ました今、ルーカスの寝室のベッドにいるのはわかったが、見慣れないものに囲まれている状況に理解が追いつかなかった。

「……え、なん……何、これ……？」

久しぶりに、意識がはっきりした気がする。

王都に向かう前にはルーカスの寝室になかったものが、天井まで聳(そび)え立つようにあって、声を失くした。

「……こ、これ……これ」

目の前にあるものに驚いて、そろりそろりとベッドの上を這って移動し、その異物に手を触れてみる。

冷たかった。

黒くて硬い、長い棒。

アイラが握った時に、親指と人差し指がちょうどくっ付くくらいの太さのもの。

その棒が等間隔に隙間を空けて、ベッドを囲むよう何本も並んでいるのだ。

これはまるで――。

「……檻？」

アイラにはそうとしか見えず、理解しがたいということもあって思わず呟いてしまった。

「――サフィ！　おはよう！」

そこに、この部屋の主であるから当然だが、ノックも遠慮もなくルーカスが飛び込んで来る。

その姿は、王都にいた時のちゃんとした装いはどうした、というほど乱雑になっていた。

煤けたトラウザーズに釦を掛け違えたよれたシャツ、髪は適当に後ろでひとつにまとめて、縄のようなものでくくっている。

アイラは脱力した。

辺境に、戻って来たのだなぁ、と感じる姿でもあった。

王都の別邸では、使用人たちが本当に気を遣って身なりを整えていたのだとよくわかる。

しかしここでは、ルーカスを整えてやれるのはアイラしかいない。だがそのアイラは、今、檻のようなものに囲われている。

「どうした、サフィ？　まだ疲れているのか？」

「……いえ、もう、充分休んだから――というか、そんなことよりこれは、何、ルー？」

「これ？」

「これよ！」

ルーカスが可愛く首を傾げても許さない。誤魔化されない。どうして見えないのかと、アイラは鉄の格子にしか見えない黒い棒をペシペシと叩いた。

「檻だ！」

「――――」

そんな全力で、満面の笑みで聞きたくなかった答えが返って来るとは思わず、アイラは衝撃を受けたまま固まった。

ルーカスは嬉しそうに、その檻について説明し始める。

「離れに作っておいたんだ。ヤツらから身を守るために。これで夜も襲われないと思ってな！」

笑顔で言い切られて、アイラはそう言えば、と思い出した。

婚礼の宴を催した夜、逃げようとするルーカスを追いかける女性たちがいたことを。どうやら彼女たちはルーカスに夜這いをしかけるほどの行動力があったようだ。

確かに、侵入者は防げるだろう。

　しかし檻の中に閉じ込められているアイラは出ることができない。

「……え、えっと、この檻が必要だったのはわかったけれど……どうして離れにあったものが、ここに？」

　まだアイラは離れまで掃除が進んでおらず、この檻は見たことがなかった。しかしここは本館のルーカスの寝室だ。

　疑問で頭がいっぱいなせいで、質問がたどたどしくなってしまう。けれどルーカスの返事は明快だった。

「サフィがいるからヤツらはもう襲ってこないだろうし、サフィがいるほうに檻がいるだろう？」

「…………？？？」

　ルーカスとは同じ言語を使っているはずなのに、意味を理解できず、頭が疑問符でいっぱいになる。

「え……っと、それ、は、私を、檻に、閉じ込める……？」

　という意味だろうか、と恐る恐る浮かんだ答えを聞いてみた。否定してくれるだろうという願いもこもっていたかもしれない。

　だがやっぱり、ルーカスは満足そうに頷いた。

「そうだ！　サフィが俺から逃げられないように、一晩で離れから移設したんだ。なかなか骨が折れたぞ」

自信満々で言うことではない。

「一応ドアはある。ここだ。鍵がかかっているが」

なるほど、壁に近いところに開き戸のような囲いがあり、そこから出入りはできるのだろう。

「鍵はパズルリングにした。これなら失くさないし、解いたら出られる」

ドアには錠前があり、そこから離れたところにいくつもの絡み合った輪が見える。知恵の輪なのだろう。一見簡単に見えるが、少し考えてみると外すのは難しそうだとわかる。

ルーカスは鍵を失くさないように、と言ったが、これを外せる者はルーカスしかいないのではと顔が青ざめる。

「え……っと、えっと、あの……待って」

再び、混乱し始めたアイラは、ちょっと現実逃避をしたくなった、と檻から目を逸らして外のルーカスだけを見てみる。

「あの……ルー？　そういえばアハト様は王都にそのまま残られたのよね？」

どうしても黒い棒が気になって、アイラはベッドの中央に寄り、少しでも離れることにした。

ルーカスのせいでこちらへ戻る道中の記憶が曖昧だった。用事は終わったとばかりにアイラたちは王都を出発したのだが、アハトは一緒ではなかったし、他の者たちがどんな罰を受け、どうなったのか気になった。

アイラは自分の大事な人が安全で幸せなら、他はどうなっても問題はない、と切り捨てるような冷たい人間ではない。

　ルーカスはアイラの質問の答えを知っているのか、快く教えてくれた。

「爺様は王都に残った。元々冬をあっちで過ごす予定だったし、使用人のほとんどを解雇して世話人のいなくなった友人の面倒を見なければとか言っていたから、老人の世話をしているんじゃないか？」

「アハト様が……」

　その老人が誰かなんて、聞かなくてもわかる。

　どうやらカルヴィネン侯爵は騒動を起こした罰としてその爵位を返上することになったらしい。アイラに直接手をかけた家令や他の使用人たちは即解雇された。その他の使用人たちは大きな罪はなくても勤め先の侯爵家がなくなったのだから、一応紹介状をもらっての辞職となった。だが紹介状をもらっても、使用人の間でカルヴィネン侯爵家の評判はあまり良くなかったので、次の勤め先がちゃんとあるかどうかわからないという。

　そしてキルッカ男爵家は、まずライラが王命に背いた罪が重く、こちらも爵位を取られるところだったが、「元々の原因は自分にある」とカルヴィネン侯爵が言い出し、キルッカ男爵家の情状酌量（じょうじょうしゃくりょう）を求めた。

　それが効いたのか、爵位は取り上げられなかったものの、今代限り、という沙汰（さた）となった。

つまり、跡継ぎはいないまま、彼らでキルッカ男爵家は終わるということだ。だが、次代に繋げることはできなくても、今生活ができなくなるわけではない。意外に甘い処置なのでは、と思ったが、それはカルヴィネン侯爵がほとんど被ることになったかららしい。

今まで軽く扱ってきた分、ちゃんと親としての務めを果たすことにしたのかもしれない。アイラはこの先の彼らの関係が少しでもよくなればいい、と小さく願った。ただ、ライラだけは相変わらず自分本位に騒いでいるらしい。けれどそこはもう自分とは関係ないと考えるのをやめた。

ルーカスについては、妻のアイラが巻き込まれた被害者として、お咎めはなかった。たとえ妻を助けるために、カルヴィネン侯爵邸を半壊させようとも、必要なことだったと押し切ったそうだ。

国王でさえ怯えさせるオルコネン侯爵だ。他の者に何が言えるだろう。今回のことは、アハトもルーカスに気を遣っている。

アイラははっと気づいた。皆がルーカスを立てていたら、いったい誰がルーカスを諫めてくれるのだろうか。

特に——今のような場面では。

アイラは少しの間現実から目を逸らしていたけれど、いつまでも檻の中にいることもできないと、必死でこの状況を理解しようと——理解したくないが出られないのは困るから理解しようと頭を働かせた。

そして聞きたい質問はひとつしかないと気づいた。

「――どうして、私を閉じ込めたの？」

答えによっては気分が悪くなりそうだ。ご機嫌なままのルーカスを見るとまだ不安しかない。

「こうしておけば、誰にもサフィを奪われないだろう？」

至極当然のことだ、というように返されると、常識がすこん、と抜け落ちて呆気に取られてしまう。

しかし、いやいやいや待ってこれ違う絶対に違う！　とアイラは怒りの中で理性を取り戻した。

「奪われないというか確かにそうだけど、私が出られないんだけど!?」

「出たい時は鍵を開ければいい」

「こんな知恵の輪解けない!!」

「なら俺が解いてやる。俺を呼べばすぐに飛んでくる」

「ずっと開けておいて！」

「そんなことしたら逃げるじゃないか！」

「――――はい？」

一瞬、どういう意味か、とアイラは怒りを忘れて首を傾げた。

ルーカスは先ほどまでの上機嫌から一転、顔を顰めている。

「逃げられるじゃないか！」

「……逃げるって……私が？」

「そうだ！　だってサフィはなんでもできるだろう？　ここでなくても生きていけるだろう!?」

「――そんなことは……」

ない、と即答できなかった。

確かに、使用人のする仕事は一通り身につけた。

やろうと思えば他の仕事だってできる自信もついた。

今なら誰もアイラの邪魔はしないから、どこでだって生きていけそうだ。

ルーカスが心配しているの意味を理解して、納得はするが呆れてしまう。

だってアイラは、それでもここを、この辺境の地を選ぶだろうから。

どこでも生きていけるけれど、ここで生きていきたい。

ルーカスはここにしかいないし、アイラの家族はここにいる。

アイラが他の場所を求める意味はないのだ。

本当に、どうしようもないな、とアイラは笑った。

どうしようもないのは自分なのかルーカスなのか。曖昧だったが、手招きをしてルーカスを呼ぶ。

「ルー、こっちに来て」

拗ねた子供のような顔をしていたルーカスは、呼ばれるとすぐに動いた。

アイラの見ている前であっという間に知恵の輪を解いて――本当に、ルーカスにしか解けないと思うが――鍵を開けて檻の中のベッドに上がって来る。

「ルーは私の家族になってくれるんじゃないの？」

「……夫だ」

「ずっと一緒にいてくれるんでしょう？」

「いる」

「私に何もさせないつもり？」

「サフィはしたいことをすればいい」

「なら、この檻に鍵はいらないでしょ」

「――サフィは」

「もしかしたら、誰かが攫いに来た時のために檻は必要かも。でも、いつも鍵をかけておく必要はないでしょ――だって、私はずっとルーのそばにいたいんだから」

「――サフィ！」

感極まったように、ルーカスはアイラに飛びついてその勢いでベッドに倒れ込んだ。

アイラもその重みを感じながら、ぎゅう、と腕を背中に回す。

「ずっといっしょにいて、どこにもいかないで」

それは、幼い頃に突然消えたルーカスへの戒めでもあった。

あんな思いは、もうしたくない。

ルーカスはその気持ちに応えるかのように、さらに強くアイラを抱きしめた。

「――わかった！　任せろ！」

「――ん……ん？」

ぎゅう、と抱きしめながら、ルーカスは足でアイラの夜着の裾を押し上げて、アイラの足と絡ませようとしてくる。

ここはベッドの上で、彼のこの動きは――と気づいて眉根を寄せる。

「……ルー、何を――」

「どこにも行かせないためには、もっとくっ付く必要がある」

「――」

なぜくっ付く必要が。そして何をしようとしているのか。

考えなくてもわかるが、もうそれしか考えられなくするように、大きな手で愛撫を始めるルーカスに、アイラは思わず笑った。

もう笑うしかない。

なぜなら、それを嬉しいと受け入れてしまっている自分がいるからだ。

「……ルー、一緒になってくれて、ありがとう」

そう、気持ちを伝えると、喜んだルーカスがさらに手に負えなくなったのだが、致し方ないことだと諦める。

いや、ちょっとは自重を覚えさせたほうがいいのかも、と思うのは、もう少し先のことだった。

あとがき

　初めましての方も改めましての方も、この本を手にしてくださってありがとうございます。秋野（あきの）です。

　パソコンに向かうたび、愛猫に「あたしを見て！」とキーボードに陣取られ、「こっちに来て！」と遠くから呼ばれ、を繰り返し、癒やされてんのか邪魔されてんのかわからない日々を送っております。

　そんなふうに出来上がった、引きこもった侯爵とメイドさんな令嬢のお話です。

　ちなみにいつもソーニャ文庫さんのＨＰの方に番外編を載せさせていただいております。よろしければぜひ、そちらにも手を伸ばしていただければ……嬉しいです！

　さて今回も、大変、大変、大変（エンドレス……）お世話になりました、担当様をはじめ関係各所の方々。本当に、書き終えられないかと泣きそうでした。

そんな私を褒めて伸ばしてくれる担当様が好きです。これからもよろしくお願いします。

あと、とってもテンションを上げてくれる絵を描いてくださった芦原モカ様。すごく嬉しいです。すごく楽しかったです。とくにヒーローを冷めた目で見るヒロイン……！　こんなに楽しいことがあろうか！

カバーの絵がふたりの関係をすべて語ってくれているなーと思います。

今、番外編まで書き終えて、とっても高揚しております。自分で読み返すと、脇役たちの話もどんどんふくらんで、もっとあれもこれも書きたかった、と思うくらいです。きっと夜明けのテンションと同じ気持ち。書いちゃうと黒歴史確実なアレ。なので心の中の妄想に留めておくことにします。

読んでくださった皆様に、その気持ちが少しでも伝われば、と願っております。


世間では、今年に入ってから大変なことになっていて、田舎に住む秋野も他人事ではないと日々考えております。敵はウィルスで、人の善し悪しも、置かれている状況も考慮してくれるものではないですから。

でも、こんな時期だからこそ、引きこもった家の中でゆっくりじっくり過ごすことの良さもわかるのではないでしょうか。

私の目の前にある箱は、田舎にあっても優秀なので、検索するだけで世界中のいろんなことがわかります。大変なこともありますが、今の時代に生まれて良かったなぁ、とも思うところでもあります。ひと昔前まで、本を買うのにクリックひとつで、なんて想像もできませんでしたね！（↑すごーく年を取った発言。そして配達屋さんに感謝をしています）。

この機会に皆様も、秋の夜長に読書をして過ごす幸せを感じてみてはどうでしょうか！その中の一冊に、人嫌いなのに唯我独尊状態の引きこもりの侯爵が、メイドの奥さんといちゃつくのに全力を尽くすお話など、どうでしょう？

鬱々とした気持ちを吹き飛ばし、一緒に笑っていただけたら、秋野も幸せです。

簡単な幸せですが、この気持ちが皆様にも届くことを願って。

秋の夜長にと言いながら、愛猫に癒やされたらすぐに睡魔に襲われてしまうだめな大人代表より。

秋野真珠（しんじゅ）

この本を読んでのご意見・ご感想をお待ちしております。

◆ あて先 ◆

〒101-0051
東京都千代田区神田神保町2-4-7 久月神田ビル
㈱イースト・プレス　ソーニャ文庫編集部
秋野真珠先生／芦原モカ先生

引きこもり侯爵のメイド花嫁

2020年11月6日　第1刷発行

著者	秋野真珠
イラスト	芦原モカ
装丁	imagejack.inc
DTP	松井和彌
編集・発行人	安本千恵子
発行所	株式会社イースト・プレス 〒101－0051 東京都千代田区神田神保町2－4－7 久月神田ビル TEL 03－5213－4700　FAX 03－5213－4701
印刷所	中央精版印刷株式会社

ISBN 978-4-7816-9685-0
定価はカバーに表示してあります。